KB153487

그대로 괜찮은
오늘이어서

오사카, 치앙마이, 발리. 계획된 일탈

이채빈 지음

EASY & BOOKS

있잖아, 누군가는 그걸 '용기'라고 불러.
네 손의 모든 것을 내려놓을 수 있는 용기 말이야.
몸 조심히 잘 다녀와.

PROLOGUE

평범한.

평범한 어른이 되기 위해선 갖춰야 할 조건들이 많았다. 남들 다 있는 대학
졸업장, 안정된 직장. 사회의 알람을 따른다면 훗날 하게 될 결혼과 출산까지.
저마다 다른 모양을 가진 고깃덩이들이 큰 틀에 찍혀 같은 모양의 상품으로
팔려 나가듯 다들 비슷한 모습이지만, 포장지에 조금이라도 더 높은 등급을 찍기
위해선 각자의 치열함이 있어야만 했다.

하루하루 숨 쉬기도 힘들 만큼 버거웠지만, 버텨야 한다고 생각했다. 결승점이
어디 있는지도 모르는 채, 그저 쉼 없이 달려야만 했다. 나만 힘든 게 아니라
모두가 힘든 거라, 힘들다는 말조차 함부로 꺼낼 수 없던 시기. "지쳤어" "더
이상은 못 하겠어"라는 말은 그저 경쟁 사회에서 도태된 낙오자가 내뱉는, 세상의
이해 받지 못할 말에 불과했던, 그래서 뜨겁게 타오르는 불씨를 속으로만 삼키고
넘겨야 했던 시기였다.

마치 인생에도 정해진 궤도가 있는 것처럼 어딘지도 모르는 길을 앞으로
앞으로 걸어야만 했다. 이 길이 맞는지 아닌지조차 모르는 채 계속 달려야
했지만, 옆을 쳐다볼 여유도 뒤를 돌아볼 시간도 없었다. 그런 건 대한민국을
살아가는 20대에게는 사치였으니까. 평범한 삶을 얻는다는 건 지독히도 치열한
전쟁이었으니까.

그렇게 버텨가던 어느 날, 책 한 권을 읽었다.

화려한 커리어우먼, 소위 말하는 '성공한 삶'을 손에 쥐었던 여자. 그랬던 그녀가
모든 걸 내던지고 여행을 떠났다. 세 도시에서 살아가며 진짜 자신을 마주하는
그녀의 이야기. 나도 그녀처럼 타인의 시선을, 사회의 시선을 벗어난 곳에서 나
자신을 되돌아볼 시간을 가진다면, 그렇게만 할 수 있다면 나도 진짜 나 자신을
마주 할 수 있지 않을까? 진정한 나 자신을 마주한 뒤에 다시금 길을 찾아 나설 수

있다면, 그 길은 지금보다 덜 어둡지 않을까.

책의 마지막 장을 덮고 난 후에도 꽤 오랜 시간 여운이 가시질 않았다. 떠날 수 있었던 그녀의 상황이 부러웠고, 그녀의 용기가 부러웠고, 그럴 수 없는 내 모습이 초라하게 느껴졌다.

그러다 문득, 뭐에 홀리기라도 한 사람처럼, 막연하게 그런 생각이 들었다. 나도 그녀처럼 세 도시에서 살아보자고. 나도 그녀처럼 이곳을 벗어나 세 도시에서 한 달씩 지내며, 앞으로 살아가야 할 길고 긴 삶을 위해 나 자신과 마주하자고 생각했다.

누군가는 그렇게 흘려 보내게 될 시간을 사치라 힐난할지도 모른다. 그러나 단한 번뿐인 삶에서 고작 세 달이라는 시간조차 마음대로 쓸 수 없다면 나 자신이 너무 가엾지는 않은지. 언제 어떻게 끝날지 한 치 앞도 내다볼 수 없는 내 삶에 숨구멍을 내야 할 순간은 아닐는지.

인생이라는 길고 긴 선로를 걸어갈 나를 위해 작지만 큰 사치를 부려보기로 했다. 책상 앞에 우두커니 앉아 오롯이 나를 위한 장소 세 군데를 정했다. 아이러니하게도 떠나야겠다는 결심까지는 끝없는 고민의 반복이었지만, 장소를 정하는 데에는 긴 시간이 필요하지 않았다.

오사카(大阪)

치앙마이(Chiang Mai)

발리(Bali)

유치하지만 나만의 작은 테마도 정하고 의미를 부여했다. 오사카는 자아,
치앙마이는 행복, 발리는 사랑.
난생 처음 해외여행을 떠났던 일본. 그때의 설렜던 기분과 벅찬 감정, 길 위에서
마주했던 따듯한 기억을 다시 한 번 느끼고 싶었다. 다녀온 이들은 모두 행복하고
평화로운 기억뿐이라지만 내겐 너무나 힘들고 외로웠던 치앙마이, 그때의 기억을
새로이 바꾸고 싶었다. 평생을 안고 갈 나쁜 기억은 없다고 스스로에게 일러주고
싶었다.
그리고 발리, 책 속 그녀가 사랑을 찾았던 곳이라 '어쩌면 나도…' 하는 쑥스러운
이유가 컸다. 그 책의 그녀처럼 나 자신을 먼저 돌아본 뒤 사랑의 섬으로
떠난다면, 사랑의 '사'짜도 몰랐던 나도 운명의 상대를 만날 수 있지 않을까?

숨 가쁘게 달려야 했던, 내 숨통을 틀어막았던 이 궤도에서 벗어나, 나 자신을
오롯이 마주할 것이다. 남아 있는 내 삶을 위해 떠날 것이다. 더는 어리지 않은
나이이기에, 타인의 눈에는 도피로 비칠 것이란 사실도 잘 안다. 무모하고 두려운
여행인 것도 분명하다. 하지만 앞으로 살아가야 할 더 길고 긴 삶을 위해, 그 삶의
주인공 나를 위해 떠날 것이다.
나는 확신한다. 당장은, 어쩌면 한동안은 삶이 위태로워질지도 모르지만, 더 먼
훗날에는 내 온 생애를 통틀어 가장 중요한, 그리고 더없이 소중한 '무언가'가
되어줄 것이라고. 그런 여행이라고. 그렇게 나는 지루한 빌딩숲 사이에서 일탈을
계획했다. '일탈'이라는 단어가 우습게 느껴질 만큼 하나하나 차분히.

나의 '계획된 일탈'.

CONTENTS

오사카
도피를 받아주다

01. ORDINARY MORNING

아주 하얗고 두툼한 이불이었다. 살갗에 닿을 땐 기분 좋게 서걱거렸고, 약간은 차가운 방 안의 공기와 아주 잘 맞았다. 그날 아침은 아주 자연스럽게 눈이 떠졌다. 푹신한 베개에 얼굴을 조금 더 부비며 아직 잠이 덜 깬 눈으로 시간을 확인했더니 시계는 오전 6시 40분을 가리키고 있었다. 핸드폰을 켜고 알람이 뜬 메시지함을 확인했다. 어젯밤 엄마의 걱정이 잔뜩 담긴 메시지였다.

"잘 도착한 거야? 여행은 잘하고 있고? 숙소는 어디에 잡았니? 안전한 도시지? 걱정된다. 문자 해."

흐트러진 머리를 대충 틀어올리며 커튼을 치고 메시지를 보냈다.

"잘 도착했고, 지금 일어났어. 걱정 안 해도 괜찮아 엄마."

메시지를 보내놓고 침대에 걸터앉아 씻으러 갈까 말까 고민하는데, 기다렸다는 듯이 답장이 왔다.

"벌써 일어난 거야? 조금 더 자지 그랬어."

'조금 더 자지 그랬어.'

엄마의 메시지 한 통에 비로소 내가 여행을 떠나왔음을 실감했다. 조금 더 자도 괜찮고, 조금 덜 자도 괜찮은 아주 보통의 날.

길을 걷다 바람이 좋아 그 자리에 주저앉더라도 그 누구도 재촉하지 않고, 카페에 앉아 하루 종일 턱을 괴고 창 밖을 구경해도 괜찮은 그런 날. 괜스레 노곤해져 답장을 뒤로 미루고 편안한 마음으로 이불 속으로 들어가 눈꺼풀을 내리며 생각했다.

이곳에서는 조금 더 긴 호흡의 삶을 살아가야지. 느린 걸음걸이와 면밀한 시선으로 이방인으로서의 본분에 충실하며, 너무 가깝지도, 그렇다고 너무 외로울 만큼 멀지도 않은 관계의 거리를 유지하며.

그렇게, 그렇게.

이곳에서는 조금 더 긴 호흡의 삶을 살아가야지.

느린 걸음걸이와 면밀한 시선으로 이방인으로서의 본분에 충실하며,

너무 가깝지도, 그렇다고 너무 외로울 만큼 멀지도 않은 관계의 거리를 유지하며.

그렇게,

그렇게.

02. INTROSPECTION

하늘이 파랗다. 어제 비가 온 탓에 채 걸음을 떼지 못한 먹구름 몇 점이 저편 하늘에 있지만 이곳엔 햇볕이 내리쬐기 시작했다. 바람이 머리칼을 잔뜩 어지럽히고 채 굳지 못한 어린잎들을 휜다.

솜 뭉치 몇 점을 뜯어 하늘에 뿌려놓고, 그 아래 쳇 베이커의 음악을 들으며 앉아있다. 아직은 조금 축축한 땅이지만 괜찮다. 바지야 털면 되는 것이니까. 노트를 펼치고 펜을 쥐어 들었다. 그림을 그리던, 글을 쓰던 흰 종이를 검정 펜으로 가득 채우는 모든 행위는 옳다.

나는 누구인가와 같은 끊임없는 사색도 좋다. 오글거린다 한들 괜찮다. 종이에 질문을 적고, 답을 뿌렸다. 한치의 거짓도 없이 적어 내린다. 그 동안 스스로마저 속여왔던 것들. 쑥스럽고, 수치스러운 것들. 허황된 것들을 사랑했다. 가지지 못할 것을 동경했다. 누구에게도 드러내지 않았다. 스스로마저 속이려 했다. 보여지는 것에 집중하느라 정작 구질구질한 내면은 들여다보지 않았다. 싸구려 젊음이었다. 진귀한 것은 내쳐졌다. 없으면 없는 대로 살면 되는 것이었다. 꾸역꾸역 쥐어짜 내 만들 이유가 없었다.

가뭄에 콩 나듯 보였던 진심은 보석이 되어 남았지만,
쥐어짜낸 것들은 쉽게 소비되고,
잊혀졌고,
잊혀질 것이다.

03. BEGINNING OF THE JOURNEY

집을 구했다. 오사카에서 살짝 떨어진 곳이다. 우메다에서 한신 급행열차를 타고
8분이면 도착하니 위치도 썩 나쁘지 않다. 주황색 캐리어를 질질 끌고 문 앞에
서서 목을 가다듬은 뒤 벨을 눌렀다.

"안녕하세요!"

작은 데크가 있는 이층집. 월세는 한 달에 5만 엔. 매일 아침 커다란 창문으로
햇빛이 쏟아져 들어오는 2층 작은 방이 내가 지낼 곳이다. 침대 하나, 테이블
하나, 장롱 하나, 서랍장 하나, 그리고 창문에는 하늘거리는 레이스 커튼. 내 한 몸
눕히기엔 충분하다. 창문을 활짝 열었더니 늦봄 바람에 커튼이 하늘거린다.

"나, 오사카 생활 시작한다."

아무도 듣지 않겠지만, 아무도 관심 없겠지만, 연고도 없는 이곳에서 비로소
시작된 나의 한달살이.

04. 05:00 PM

앞집에는 단란한 가족이 산다. 아이는 둘, 아저씨는 무슨 일을 하는지 모르겠지만
집에 자주 있는 편이다. 저녁 무렵 그 집 앞을 지나면 따뜻한 밥 냄새와 생선구이
냄새가 풍겨 나오고, 주말엔 네 식구가 자동차를 타고 어디론가 훌훌 떠났다.

날이 좋은 날, 집 마당에 멍하니 앉아 커피를 마시고 있으면 종종 아저씨가 나와서
담배를 피우는 모습을 볼 수 있는데, 그럴 때면 나는 내가 할 수 있는 몇 안 되는
일본어 중 하나인 "곤니찌와(こんにちは)"라고 인사를 한다. 그러면 아저씨도
빙긋 웃으시며 "곤니찌와(こんにちは)"라고 인사해 주시는데, 그 이후로 우리의
대화는 더 이어지지 않는다. 아저씨는 담배를 마저 태우고 들어가고 나는 가만히
앉아 책을 읽거나, 영화를 보거나, 커피를 마시면서 지나가는 짚신벌레를 마저
구경하는 게 우리의 짧은 만남의 끝이다.

그 시간이 좋았다. 적당한 거리를 유지하는 시간. 서로에 대해 더 알려 들지도
않지만, 매정히 돌아 서지도 않는. 어느덧 익숙해져 가는 동네에서 오후의 햇살을
받으며 가만가만 사색을 즐기는 그 잔잔한 시간들. 적당히 해가 기울어 있고,
마당에 들어온 길 고양이의 발자국 소리, 흔들리는 나뭇잎 사이로 새어 나오는
바람 소리마저도 생생해지는 오후 다섯 시.

어쩐지 한국 생활이 떠오르는 하루다. 사람이 빼곡했던 그 빌딩 숲에서 내가
아는, 또 나를 아는 사람은 과연 몇이나 되었을까. 3년을 넘게 살았던 그 동네에서
반갑게 웃으며 "안녕하세요? 좋은 오후예요"라고 인사를 나눌 수 있는 사람은
과연 몇이나 있었을까.

05. HER

"왜 그렇게 억척스럽게 살아. 사람이 여유 없어 보이게. 여기까지 와서 꼭 일을
해야겠어?"
스물셋, 엄마와 함께 떠났던 태국 여행. 쉬러 갔던 그곳에서도 호텔 방을 청소하는
엄마의 모습에 속이 상했다. 직원에게 청소해달라고 부탁하면 되는데 그걸
모르는 엄마의 모습에, 쉬기 위해 떠나온 여행에서도 그 휴식을 자연스럽게
받아들이지 못하는 엄마의 모습에, 못난 딸은 속이 상했다.
그런 내가 미워서, 그런 엄마가 속이 상해서, 상처받을 걸 뻔히 알면서도 내 마음
중 가장 날이 선 마음을 꺼내 엄마에게 전했다.
무릎을 꿇고 대리석 바닥을 물걸레질하던 엄마는 아무 말 없이 나를 쳐다보다가,
방을 마저 닦아내곤 조용히 문을 닫고 방에서 나가셨고, 나는 침대에 누워 모난 말
밖에 할 줄 모르는 내가 미워 씩씩댔다.

엄마는 술을 못하는 사람이지만, 그날 밤은 조용히, 아주 조용히 술잔을
기울이셨다.
"엄마가 이렇게 청소에 집착하게 된 건 채빈이 너 때문이야. 너 어렸을 때, 정말
비염이 심했거든. 집 안에 먼지 날리지 않게 계속 물걸레질을 했어. 청소기도 못
믿어서 엄마 손으로 전부 하나하나 닦았어."

"엄마가 억척스러운 건, 그렇지 않으면 널 키울 수 없었으니까. 부족한 엄마지만,
그래도 내 자식은 다 누리게 해주고 싶었어. 물론 모든 걸 해주지는 못했지만
그래도 엄마가 할 수 있는 건 다 해주고 싶었어."
미안하다는 마음도 고맙다는 마음도 전하지 못한 채, 그날 밤은 그대로 흘러갔다.
엄마도 나도 아무 일도 없던 것 처럼, 그렇게 우리는 남은 여행을 이어갔다.

그로부터 10개월쯤 흐른 뒤에, 엄마와 난 새로운 여행을 시작했다. 엄마는 내가
지내는 곳을 궁금해 했고, 나는 엄마에게 비행기표를 선물했다.
엄마는 일본에서도 여전히 억척스러웠다. 다리가 아프면 그대로 주저앉을지언정
절대 택시를 타지 않았다. 어디를 가든 항상 물병을 챙겼다. 말 한 마디 안 통하는
일본 사람들에게 꼭 한국어로 길을 물었다. 호텔비 아껴서 맛있는 거나 사달라며,
숙소도 게스트하우스로 정했다. 그토록 속상하고 미웠던 엄마의 억척스러움이
이번엔 어쩐지 고맙고 예뻤다. 억척스러워 보일지라도 그런 엄마가 아니었더라면
지금의 나도 없었을 테니까.

나는,
엄마의 억척스러움과
아줌마 같은 성격,
난해한 옷과
매번 고쳐줘도 틀리는 맞춤법,
삐뚤빼뚤한 글씨
그리고,
내가 자는 동안 작은 종이에 채 담지 못한 큰 마음을

사랑한다.

POST CARD

AFFIX
STAMP
HERE

많은 시간들 속에서
딸 라 함께 어령을 한다늘게
공에서 펜았에 긔있다.

늘 안개속 같이 회미 럈면
금이 지금 딸 라 함께
여령을 아귀웁 비안득

그 속에서
딸은 잣은것 하나라도
챙겨주 싶어라눅 딸이
대면 스럽다

딸 어령라는 홍춘 고정랙에
뭐가 마유 쓸지 모여는 것다
손니라는 것

여령 롱안 힘들게 랐거
비안 혜력이 한게라
그래로 렝복랙에
딴그라 람께 헤서
많은것 보여 주려 애쓰 그
마을 안 다 리게 하라믹
애쓴거 라믄a
꿈에 랓다늘게 더 글요래
딸 사랑해 딴 라읶

06. RESPONSE

"엄마처럼 살지 말고 멀리 멀리 날아가. 엄마는 우리 딸이 뭘 하든 괜찮아. 이제
안심이야."

내 어깨에 달아준 두 날개는 당신의 뼈를 깎아 만들어주셨던 건가요.
그 말을 하며 잡아주던 두 손은 왜 그리도 거칠었던건가요.
처녀 적 동네에서 제일 예뻤다던 그 얼굴에 어느새 세월이 주름지고,
흑단처럼 까맣던 머리 위엔 어느덧 흰 눈이 내리기 시작했네요.
어설픈 내 마음을 다 표현할 길이 없어, 세상 가장 큰 종잇장에 신중히 고른
단어들을 가득 채워도 나의 마음을 다 우겨 넣을 순 없지만, 당신이 알아주면
좋겠습니다.

어머니,
당신은 나의 빛이고 나의 하늘이고 나의 숨결입니다.

07. JUST REST

오사카에 온 지 열흘쯤 되는 아침이었다. 하늘색 얄따란 담요를 걷어내고 얇은
레이스 커튼을 치는 게 일상이 되어가는 하루. 평소와 다를 바 없이 1층 부엌으로
내려가 아침을 준비했다.

프라이팬에 올리브오일을 잔뜩 두르고, 아스파라거스를 올리고, 후추를 굵게 갈아
뿌리고, 아보카도를 반으로 자른다. 커피를 내리는 동안 접시에 치즈 조각 몇 개를
올리고 식사 준비를 마친다. 아침식사를 쟁반에 담아 다시 방으로 올라왔다. 잔뜩
피곤한 엉덩이는 다시 침대 위로 자리한 뒤 이불을 마구 비벼댄다.

창문을 여니 커튼이 살랑인다. 배는 고프지 않지만 꾸역꾸역 밀어 넣는다.

건강하게 살기. 바쁘다는 핑계로 매일 끼니 때를 놓치던 한국의 삶에 지쳐 도망 온
것이니, 도피자는 반성의 의미로 매일 아침을 성실하게 챙겨 먹어야 한다.

배가 고프지 않더라도 반드시 제때 끼니를 챙긴다.

아침을 먹고 나니 무엇이라도 해야만 할 것 같아 노트북을 챙긴 뒤 집을 나섰다.
핸드폰을 들어 'CAFE'를 검색하니 몇 군데에 핀이 꽂힌다. 걷고 걸어 도착하니
쇼텐가(商店街)에 있는 작은 프랜차이즈 카페. 마음에 들지 않았다. 아무리
생각해도 내가 생각한 타지의 삶은 이게 아니었다. 흔해빠진 프랜차이즈가
아니라 세상에 단 하나밖에 없는 작고 특별한 곳이어야 했다. 다섯 번쯤 갔을 때
내 얼굴을 기억해주는, 따로 주문하지 않아도 늘 주문하는 음료를 가져다 주는,
솜씨 좋은 주인이 구워준 따뜻한 타르트가 있는 곳이어야 했다.

난 무엇을 위해 이 곳에 왔을까. 어쩐지 실패한 여행이 된 것 같은 생각에 한숨이
땅을 꺼뜨릴 것만 같다.

노트북을 켰지만 뭘 해야 할지 감이 오지 않아 멍하니 화면만 바라봤다. 다시 전원
버튼을 눌러 꺼버린 뒤, 가방에 대충 쑤셔 넣고 주변을 살폈다.

평일 오후라 그런지 나이 지긋한 어르신들이 카페의 빈 공간을 메웠다. 무슨
할 말이 그리 많은지 이야기가 끊이질 않는다. 신기하게도 잔뜩 일었던 화가
조금은 누그러진다. 두 손으로 잔을 감싸 쥐고 조용히 카페 안을 돌아봤다. 한국과
별다를 것 없는 인테리어, 비슷비슷하게 생긴 사람들. 따뜻한 음료에 몸도 마음도
나른해졌다. 이제야 눈이 떠진 기분이다.
이 곳에 온 이유는, 다른 것도 아닌 스스로에게 주는 휴식이었다. 무언가 특별히
깨달을 필요도 없고, 무언가 특별히 할 필요도 없다. 그저 어색한 휴식에 익숙해질
것. 시간을 허비한다는 죄로 스스로를 옭아매던 속박에서 벗어나 천천히 나를
떠올리는 것. 내가 움직일 수 있는 내 마음 하나와 몸뚱이 하나면 충분한 일.
깨달으려 하지 않아도 깨달을 수 있는 것.
깨닫지 않아도 깨닫게 되는 것.

08. ON NE SAIT JAMAIS

그런 날이었다. 아마가사키 역으로 향하던 발걸음을 돌려 무작정 하천을 따라
걷던 날. 거리 가득 쏟아지던 그날의 햇살이 좋아 빛을 따라 걷는 날. 지도가 아닌
마음을 따라 걷는 날. 갓 태어난 아이처럼 세상의 모든 것이 처음인 마냥 길을
걷는 날.

여느 때와 마찬가지로 R과 함께한 날이었다. 우리는 마치 처음부터 목적지가
있었던 사람들마냥 자연스레 더 깊숙한 골목으로 걸어 들어갔다.

우리가 있든 없든 자연스러운 시간이 흐르는 곳. 캐치볼 하는 아이들, 자전거 앞에
아이를 태운 주부, 교복을 단정하게 입은 여학생들, 길가의 고양이. 자연스럽게
흐르는 타인의 시간 속에서 우리는 작은 피자 가게를 발견했다. 테라스에
자리를 잡고 피자를 주문했다. 그리고 또다시 멍하니 흐르는 시간을 바라보았다.
비행기가 하늘을 가로질러 날아간다. 해가 뉘엿뉘엿 저문다. 마음을 따라 걸었던
오늘을, 지금까지 걸어왔던 스물넷의 삶이 스쳐 지나갔다.

통통한
페퍼러니

김을 뿌린
테리야끼피자.

"사람 일은 참 알 수 없어."

R은 난데없는 말을 던지는 나를 물끄러미 쳐다봤고, 나는 치즈가 길게 늘어나는 페퍼로니 피자를 한입 가득 물고 말했다.

"그냥, 이런 길에 이렇게 맛있는 피자 가게가 있을 거라고 생각이나 했겠어?"

'On ne sait jamais.'

학창시절, 어린 왕자를 읽다 본 '어떻게 될지 누가 알겠어'라는 의미의 이 문장이 마치 우리의 인생과 같다고 생각한 적이 있었다. 발걸음의 끝에서 가장 훌륭한 피자집을 만난 오늘처럼, 그 길을 걸어보지 않고선 그 끝에 무엇이 있을지는 아무도 모를 일이니까. 삶은 끝없는 선택의 반복이라지만 5지 선다형 시험 문제와는 다르게 당장 점수를 메길 수 없는 것이니까.

이처럼 삶이 불확실성의 연속이라면, 나는 머리가 아니라 마음이 향하는 방향을 따르며 살아야겠다고 생각했다.

'나'라는 존재를 진하게 새기는 이 발걸음을 죽는 순간까지 멈추지 않겠다고.

Jack's Pizza

길을 걷다 우연히 발견한 작은 피자집. 맛은 당연하고, 저렴한 가격은 덤이다.
여행 중 마주하는 모든 '우연'은 별 것 없다 한들 설렘을 안겨준다.
2 Chome-24-12, 南塚口町 Amagasaki, Hyogo Prefecture
〒661-0012

09. NARROW MINDED PERSON

오사카 한달살이를 시작하며 제일 먼저 한 일은 우습게도 휴대전화의 SNS 어플을 지우는 것이었다. 일본에 와야 하는, 또 일본에 있어야 하는 나름의 이유가 존재했음에도 불구하고, 난 옹졸하고 치사하고 변변치 못한 인간이었다. 그래서 누가 누가 더 잘 살고 있는지 자랑하는 듯한 모습을 너그러운 마음으로 지켜볼 자신이 없었다. 비교는 끝이 없는 법이니까.

"그래, 나 좀생이다!"
그런 내게 누군가 '속 좁은 좀생이'라고 말한다면, 차라리 속 좁은 좀생이가 될 생각이다. 일렬로 죽 늘어서서 숨 가쁘게 달리며 '나 잘 살고 있어! 오늘은 비싼 밥 먹고! 비싼 옷도 사고! 취직도 하고! 내 남자친구는 엄청나게 잘생겼고!' 이런 말을 늘어놓느니, 그런 말을 하며 숨 가쁘게 선두에서 뛰느니, 차라리 트랙에서 이탈한 속 좁은 좀생이가 되어 그랜드프론트오사카 광장에서 가을 바람을 맞으며 맛있는 푸딩을 먹겠다. 광장 한쪽에선 아이들이 달리기를 하고 있다. 해맑게 웃는 아이들은 걱정거리 하나, 고민거리 하나 없어 보인다. 고민이라 한들 '내일은 엄마가 빙수를 사주실까, 아니면 초코비를 사주실까' 정도일 텐데. 부러운 녀석들. 그렇지만 누나가 너네한테까지 속 좁은 좀생이가 되지는 않을게.
지금처럼만 자라렴. 달리는 건 좋지만, 경주마는 안 돼.

10. THE LAST DAY OF AUGUST

도톤보리를 지나는 리버크루즈가 눈앞으로 지나갔다. 보트 가이드가 자리에서
일어나더니, 강변에 있는 사람들에게 총 쏘는 시늉을 했다. 총을 맞은 사람은 그
자리에서 쓰러졌고, 사람들은 깔깔 웃었다. 오사카 사람들이라면 모두 알고 있는
오사카 스타일 개그다. 나도 킬킬대며 벤치에서 일어나 사진을 찍었다.
다시 자리에 앉는데, 어쩐지 어색한 촉감이다. 깜짝 놀라 뒤를 돌아보니
예쁜 모자를 쓴 할머니가 수줍게 웃고 계셨다. 세상에! 곧바로
"고멘나사이(죄송합니다)!"라고 외치며 자리에서 일어났다. 할머니는 웃는
얼굴로 "고멘네(미안해)"라고 답하며 일본어로 말을 거셨다. 내가 할 수 있는
일본어는 "오이시(맛있어)" "카와이(귀여워)" "키레이(예뻐)"를 포함해 몇 안 되는
말. 그중 가장 먼저 배우고, 가장 정확하고 자신 있게 할 수 있는 말은 "니혼고
와카리마센(일본어를 못 합니다)."
일어를 못 한다고 아무리 말해도 할머니는 계속 말을 거실 뿐이었다. 눈을
동그랗게 뜨며 무슨 뜻인지 모르겠다는 제스처를 취해도 소용이 없었다. 5분쯤
흐르니 듣다 못한 옆자리의 여자가 통역을 해줬다.
"네가 몇 살인지 궁금하시대."
"니주니센데스(스물두 살이에요)."

나는 손가락을 접으며 숫자를 셌다. 할머니는 만족스럽게 웃으셨다. 그리고 질문 폭탄이 시작됐다. 난생 처음 본 내게 어쩜 그리 궁금한 게 많으셨을까. 통역사도 생겼겠다, 우리의 이야기는 꼬리의 꼬리를 물었다. 할머니는 재일교포 2세였고, 할머니의 어머니는 나랑 고향이 같았고, 할머니의 전화번호도 알게 되었고, 할머니 친구들 중에는 '김명자'란 분이 있고, 지금 통역해주는 여자애는 건축을 전공하는 대만 사람으로 열아홉 살이다. 오늘 처음 만난, 아니 만난 지 한 시간도 안된 것 치곤 꽤나 큰 수확이다.

우리 셋은 오랜 시간을 글리코상 강가 맞은편의 의자에 앉아 이야기를 나누었다. 끼리끼리 무리지어 여행하기로 유명한 오사카. 혼자 오는 여행자가 드문 이 도시에 혼자 놀러 온 열아홉과 스물둘, 그리고 연세를 여쭙지 못했던 재일교포 할머니, 이렇게 세 여자가 이 도시에서 만났다.

뜻밖의 만남은 늘 설레고 즐거운 법이다. 시곗바늘이 유난히 빠르게 흘렀던 8월의 마지막 날. 환상적인 여자 셋, 도톤보리에서 마주하다.

11. PARK

우메다에서 LingYi와 점심을 먹었다. 문득 난바에 있는 카페에 가고 싶어졌고
걸어서 가기로 마음을 먹었다. Midosuji line을 탄다면 한 번에 갈 수 있었지만
오사카에서 두 달째 살고 있는 나한텐 한 시간을 걷는 것과 240엔을 쓰는 것 중
한 시간을 걷는 편이 나았으니까. LingYi와 헤어지기 전에 그녀의 와이파이를
빌려 난바까지 걸어가는 방법을 검색했다. 청개구리 기질이 다분한 나는
구글맵을 켜놓고 가방에 고이 넣었다. 구글맵은 도착지가 어디 있는지 검색하면
할 일을 다 한 거니까. 가는 길은 내가 만들어야지. 그렇게 신나게 골목 골목을
걷다 보니 공원이 나왔다.

공원 1.

사색을 좋아한다. 조용히 앉아 갖은 생각을 다 한다. 생각이 형상으로 드러난다면
안 그래도 좁아터진 내 방은 생각으로 가득 차서 터져버렸을 것이다. 생각을 하다
하다 보면 아무런 생각이 들지 않거나, 아무런 생각을 하고 싶지 않은 순간이
오는데, 그럴 땐 공원을 찾는다. 공원엔 나와 비슷하게 생각에 잠긴 사람들이
많을뿐더러 아이들까지 가득하다. 에너지를 받기 좋은 곳이다. 지쳤을 땐
카페보다 공원에서 쉬는 것을 좋아한다. 책을 꺼내고 편의점에서 사온 음료수로
목을 축이면 이보다 더 좋은 삶은 없을 거라 믿게 된다.

공원 앞에서 산 물 ↩

공원 2.

일본어로 말을 거는 사람들을 만날 때마다 엄마 생각이 난다.

엄마랑 태국 여행을 갔을 때였다. 엄마가 누군가와 열심히 말을 하는 모습에 '어-?
우리 엄마가 영어를 할 줄 알았나?'라는 생각에 다가갔더니 엄마는 종업원의
눈을 똑바로 바라보며 한국어로 말을 하고 있었다. 평소보다 커다란 제스처와
목소리로.

"화-장-실! 어디에- 있어요-?"

'내가 도와드려야겠다'라고 생각한 순간 종업원은 엄마의 말을 알아듣고 엄마에게
화장실의 위치를 알려줬다.

한 날은, 이른 아침 엄마가 호텔 근처 베이커리에서 우유와 카스테라를 먹고
왔다길래 "우와, 주문은 어떻게 했어?"라고 물었더니 엄마는 크게 웃으며
"내 가슴을 가리키면서 뭘 마시는 동작을 계속 취했지"라 대답했고, 난 그 때
용기가 무엇인지 처음 깨달았다.

공원 3.

할아버지 한 분이 일본어로 말을 거셨다. 엄마 생각이 나서 끈기 있게
할아버지의 이야기를 들었다. 할아버진 끊임없이 풀과 내 다리를 가리켰고
나는 가족오락관의 '몸으로 말해요' 게임에 참여한 게스트가 된 것 마냥 오감을
총동원해 할아버지가 하려는 말을 추측했다. 할아버진 엄지 검지를 집게처럼
만들어 입에 가져다 댔다가, 다시 내 다리를 가리켰다. 그제서야 할아버지의
말을 이해했다. '아! 모기!' 난 자리에서 벌떡 일어나 할아버지에게 감사 인사를
했다. 엄마의 의사소통 방식은 세계 어디서든 가능하다는 생각이 들었다. 새로운
나라로 여행을 떠날 땐 '모기'와 '물다'라는 단어 정도는 배워놓고 가야겠다는
생각과 함께.

산책하는
할아버지

Utsubo Park

도심 속의 여유가 배어있는 곳. 도심 속에 숨어있는 생각보다
넓은 공원은 저마다의 여유를 즐기는 사람들로 가득 차있다.
2 Chome Utsubohonmachi, Nishi Ward, Osaka, Osaka Prefecture
〒550-0004

Banpaku Park

해바라기가 잔뜩 핀 여름, 꽃다발을 품에 안고 거닐었다.
너른 하늘과 하늘 높은 줄 모르는 나무들이 잘 어우러진 공원.
Osaka Prefecture, Suita, Senribanpakukoen, 1-1
〒565-0826

12. THE CAFÉ

할머니는 이북 사람이었다. 피난민이 되어 남으로 내려와 터를 잡았다. 당신의
삶이 얼마나 고됬으며, 얼마나 큰 무게를 견디며 아빠와 세 고모를 키워
내셨는지는 당신의 투박한 손만 봐도 알 수 있었다. 그저 '세월의 흔적이려니'
하고 치부하기엔 너무나도 주름지고 거칠었던 할머니의 손. 당신의 언어는
손만큼이나 투박했다. 걸걸한 단어들로 심장의 뜨거운 마음을 전했다.
할머니를 닮은 가게였다. 외국인이라고는 나 혼자였던, 그래서 'English
menu available'이라는 입간판이 무색했던 투박한 가게. 장 보러 나왔다 차
한잔하러 들른 아주머니, 근처 회사에서 일하는 아저씨, 모두 단골로 보이는
손님들뿐이었다. 커피 향보다는 담배 연기가 더 잘 어울리는 곳.

"찬 거 먹지 마라. 배탈 난다."
"배곯지 마라. 먹어야 기운도 나는 거야. 안 먹으면 나중에 병신 돼."
무더위가 완전히 가시지 않은 늦여름, 에어컨 바람 하나 없이 선풍기 하나
돌아가는 곳이지만 할머니가 떠올라 토스트에 뜨거운 커피를 주문했다.
땀을 뻘뻘 흘리며 먹고 마셨지만 할머니가 떠올라서, 투박한 잔에 담긴 뜨거운
커피가 몸을 데울 때마다 당신의 투박한 손과 말 그리고 그 속에 담긴 사랑을
조금은 알 것 같아서. 땀을 뻘뻘 흘리면서도 계속 속을 채운다.
배가 아닌 그리움을 채운다.

Key Coffee Osaka

할머니가 떠오르는 곳이었다. 오래된 가게와 낡은 집기들,
하지만 따뜻한 분위기에 몇 번이고 찾아가게 되는 곳.
감사함을 전하고 싶어 번역기까지 돌려 다 마신 찻잔에 쪽지를 남겨두고 나오게 되는 곳
3 Chome-11-8 Minamisenba, Chuo Ward, Osaka, Osaka Prefecture
〒542-0081

13. BUCKET LIST

꽤 오래 꿈꿔온 곳이었다. 우연히 본 사진 한 장은 늘 충동적이고 감성적이고
감정적인 내게 새로운 꿈을 주기에 충분했다. 펜을 들어 일본 생활 버킷리스트 맨
아랫줄에 '이네(伊根) 가기'라고 적어 넣었다.
'언젠가는 꼭 가봐야지.
그 바다와 그곳에 쭉 늘어선 수상가옥을 내 두 눈으로 꼭 확인할 거야.'
마침내 그곳에 닿았다. 두 눈에 직접 담은 이곳은 '느긋하다'는 말 외에는 별달리
설명할 수 있는 단어가 없었다. 대형마트 하나 없는, 작은 슈퍼마켓 하나와
이동식 슈퍼마켓이 전부인 곳. 한 걸음 한 걸음 내디딜 때마다 감탄사가 절로
나왔다. 어디 한군데라도 놓칠세라 쉼 없이 카메라에 담았다. 마주치는 사람들
모두 여유롭게 책을 읽거나 동네를 산책하고 있었다. 집에서 창문을 열고 바다로
뛰어들어 수영을 하는 사람도, 작살로 물고기를 잡는 사람도 있었다. 아이들은
조심스레 닭을 들어 내밀었다.
이네에서 난 완벽한 여행자였다. 길에 늘어진 화분 하나도 무심코 지나치지
않았다. 휴대전화와 시계는 가방 깊숙한 곳에 넣어두고, 한 걸음 한 걸음씩
천천히 발을 뗐다. 그 흔한 레스토랑도, 예쁜 카페나 쇼핑센터도 없었지만, 오히려
그렇기에 완벽한 곳.
책 한 권과 노트, 펜 한 자루면 일주일은 거뜬히 보낼 수 있는, 이네에 올 때 필요한
것들.
긴 호흡과 면밀한 시선 그리고 느린 발자국.

Ine No Funaya

느긋한 일본의 정취가 잔뜩 배어있는 곳. 바다를 따라 늘어선 수상가옥에서는
창문만 열면 바로 바다에 뛰어들 수 있다. 탁 트인 바다는 마음까지 편안하게 만들어준다.

京都府与謝郡伊根町字平田

〒626-0400

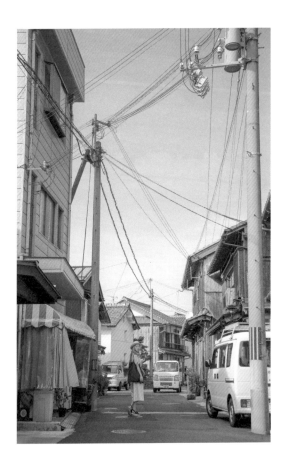

14. SHINING STAR

이네에서 숙소로 돌아가는 길이었다. 뻥 뚫린 해안도로가 눈앞에 펼쳐졌다.
끝없는 바다 그리고 스피커에서 흘러나오는 Jeff Bernat의 음악.
창문을 활짝 열고 창틀에 팔을 걸쳤다. 머리가 바람에 나부낀다. 턱을 괴고 하늘을
바라봤다. 노을이 지고 있는 예쁜 분홍빛, 자연스레 마음을 홀릴 만큼 예뻤던
하늘. 문득 눈물이 흐를 만큼 가슴이 벅차올랐다. 아무것도 아닌데. 그냥 바라본
하늘이 예뻤을 뿐이고, 좋아하는 음악이 나왔을 뿐인데.
그래. 생각해보면 나는 지나치리만치 사소한 데 감동받는 사람이었다. 늦겨울
오후 4시, 햇살이 유독 따뜻하고 눈이 부셔서. 고개를 들어 바라본 하늘이
아름다운 분홍빛이어서. 오랜만에 고향에 내려가 현관문을 열었을 때 익숙한
냄새가 나서. 잠결에 고개를 돌리며 게슴츠레 눈을 떴을 때 사랑하는 사람의
얼굴이 눈에 들어와서.
그렇게 아주 사소하고 별거 아닌, 그저 당연한 일상이라는 존재의 아름다움이
벅찬 감동으로 다가올 때가 있다. 어쩌면 정말 사소하고 보잘것없는 내 삶이지만
먼 훗날 다시 떠올릴 때 벅찬 감동으로 기억되지는 않을까.

이 세상에 티끌 하나 못 남기는 우주 먼지 같은 내 삶도,

저 멀리서 본다면 반짝반짝 빛나는 별이 될 수 있지 않을까.

15. SEVENTEEN

우리가 어른이 되어야 한다는 사실이 슬퍼. 매일 아침이면 학교에서 만나 매점으로 뛰어갔던 우린데, 이젠 일 년에 세 번이나 보면 감사히 여겨야 한다는 게. 우리와는 무관할 줄 알았던 '삶이란 그런 법'이라는 말도, 결국엔 찾아온다는 게. 우리는 어른이 되지 않을 줄 알았어. 급식을 먹고 난 뒤에 먹는 아이스크림 하나면 세상을 다 가진 것 같던 그 시절 그대로 머무를 줄 알았지. 너의 할머니가 돌아가셨던 날, 울면서 나한테 전화했던 너. 위로에 서툴러 뭐라 말도 제대로 하지 못하는 내게 감정을 꾹꾹 눌러가며 "출근하러 전주로 돌아가고 있어"라 말하는 널 보며 나는 그제야 우리가 어른이 되었다는 걸 느꼈어.

맞아. 어른이 된다는 건 싫은 것도 참아낼 줄 알아야 한다는 거야. 열일곱 여름 밤 우리가 말했던 어른이었지.
"우리 엄마, 오늘 엄청 아팠는데, 그 몸으로 가게에 일하러 가셨어"라는 말을 하면서, 우린 어른을 그렇게 정의했어.
어른이 된다는 것은, 싫은 것도 참아낼 줄 아는 것. 묵묵히 해내는 것. 현실에 부딪히고, 꿈꿔온 것과 다른 삶을 살더라도 받아들여야 한다는 것. 알면서도 모르는 척 눈 감아야 할 때가 온다는 것. 그리고, 시작조차 못 한 무언가를 포기하는 날도 온다는 것.

그럼에도 우리, 아름다움을 잊지 말고 살아가자. 지치는 날이 찾아올 땐, 파란 하늘과 끝이 보이지 않을 만큼 뻥 뚫린 바다와 드넓은 들판을 바라보자. 뜨거운 햇빛이 내리쬘 땐 나무그늘 아래서 쉬어가며, 이렇게 아름다운 세상이니 조금만 더 힘을 내서 이 삶을 여행하기로 하자. 어른이 된다 한들, 마음 한구석엔 넣어두자.

우리의 열일곱,

그 해 빛나던 여름을.

Lake Biwa

일본에서 가장 큰 호수. 탁 트인 호수와 너른 들판이
마음까지 트이도록 만들어주는 곳
Shiga Prefecture, Japan

16. TOO GOOD TO BE TRUE

아침에 일어나 부스스한 머리를 틀어 올리며 커피 내려 마시기.

코끝까지 다가오는 여름 바람을 가만가만 느끼기.

지나가는 할아버지께 "곤니치와(안녕하세요)" 하고 인사하기.

강아지를 데리고 산책하는 아이를 만나면 "강아지가 참 귀엽구나" 하고 말해주기.

복숭아 향 섬유유연제를 듬뿍 넣고 세탁기 돌리기.

욕조에 누워 풀벌레 소리 듣기. 감자칩 먹으면서 영화 보기.

어쩐지 과분하게만 느껴지는 나날이지만

이 순간만큼은 조용히,

오래도록 내 곁에 머물렀으면 해.

伊根

이네 여행의 보물이었던 숙소. 나무로 된 집은 아늑했고,
욕조에 몸을 담그고 피로를 풀 땐 풀벌레 소리가 맴돌았다.
다시 한 번 꼭 가고 싶은 곳.

17. 09:23 PM

노트북을 덮고 단골 피자 가게 직원들에게 인사를 하며 K와 문 밖으로 나왔다. 문에 달린 종이 '딸랑' 하고 울린다. 전보다 확연히 시원해진 밤공기가 다소 낯설기도 반갑기도 하다. 에어컨 바람 때문에 챙겼던 로브를 밖에서도 걸칠 수 있다니, 습하고 덥기로 둘째가라면 서운한 오사카에서 이 정도의 날씨라면 장족의 발전이다.

사람으로 가득 찬 난바의 밤. 늘 줄이 길게 세워져 있어 가보겠다는 결심만 두 달 째인 음식점을 지나, 맛있다고 추천 받은 다코야키 집을 지나, 난카이 난바역 앞에서 길을 건너다보니 어느새 익숙해진 이 거리에 괜히 어깨를 으쓱하게된다. 길을 걸으며 고개를 좌우로 돌리지 않는다는 것은 어느 정도 이 도시에 익숙해졌다는 거겠지.

전철을 타기 전 잠시 카페에 들렀다. 구름 같이 뭉근한 거품이 가득한 뜨거운 카푸치노를 홀짝이며 K에게 말했다.

"그래도 저녁은 좀 선선해지지 않았어?"

K는 내 모습을 보며 혀를 끌끌 찼지만, 한풀 꺾인 더위와 다가올 계절에 대한 예의라 생각했다. 낯선 듯 낯설지 않은 이 도시에서 새로운 계절을 기다리는 것은 꽤나 설레는 일이다. 털실로 촘촘히 짠 목도리를 칭칭 감기 전에 이 도시를 떠나겠지만, 캐리어에서 꺼내게 될 새하얀 셔츠와 니트, 다가올 가을의 바스락거림이, 저녁의 선선한 공기와 카푸치노가 기대되는 오후.

PM09:23 난바

Brooklyn Roasting Company Namba

뉴욕 브루클린 특유의 감성이 듬뿍 묻어나는 곳.
넓직한 테이블, 세련되고 개성있는 사람들로 늘 활기가 넘치는 이 카페는
Token이라는 환상적인 미국식 피자 가게와 붙어있다.
카페에서 커피를 마시며 수다를 떨다, 출출해 질 땐 피자 한 조각과 맥주로 배를 채울 수 있는
매력적인 곳. 오사카에 살면서 가장 자주 들렸던 곳이다.

일본, 〒556-0012 大阪府大阪市Naniwa-ku, Shikitsuhigashi, 1 Chome-1, 敷津東1-1-21, なんば
EKIKAN

Brooklyn Roasting Company Kitahama

Namba 점이 세련되고 활기가 넘치는 곳이라면 키타하마는 여유가 넘치는 곳이다.

테라스에 앉아 커피를 마시며 나카노마 공원, 시청, 페리를 타고 지나가는 사람들을 구경하는 것은
Kitahama 점 만의 특별한 매력!

지인들이 오사카에 왔을 땐 꼭 여길 들렀다 어둑해질 쯤 맥주 한 병을 사서

나카노시마 공원에서 목을 축이는 코스로 데려갔는데, 다들 101% 만족했다.

2 Chome-1-16 Kitahama, Chūō-ku, Ōsaka-shi, Ōsaka-fu 541-0041, 일본

18. UNORDINARY

특별할 것 없이 길을 걷던 날. 매일 비가 올 듯 말 듯 변덕스러운 날씨였는데
유독 날씨가 좋았던 하루. 길 오른 편에 작은 카페가 보였다. 벽 전체를 노란 꽃
그림으로 가득 채워둔 곳. 바라만 봐도 향긋한 곳에 홀리듯 걸어 들어갔다.
나무 문에 달린 작은 종이 딸랑거렸다. 색색 스테인드글라스와 반짝이는 타일로
가득한 세상이 열렸다. 주인 아주머니는 하늘색 셔츠에 흰 에이프런을 걸치고,
인상 좋은 얼굴로 활짝 웃으며 날 맞아줬다. 버터 향과 커피 향이 가득한 작은
카페. 푸른 타일이 펼쳐진 테이블에 앉아 비엔나커피 한 잔과 애플타르트 한
조각을 주문했다. 커피 한 모금, 타르트 한 입을 넘기며 아카리가 추천해준 오사카
근교 여행지를 적는 동안 왠지 모를 여유가 느껴졌다. 턱을 괴고, 시간을 죽인다.
이어폰을 건너 들어오는 옆 테이블의 작은 소란스러움도 싫지 않다.
시곗바늘이 움직임에 따라 햇빛이 스테인드글라스를 투과하며 테이블을 더 예쁜
색으로 물들인다. 평온한 시간. 마지막 한 입을 털어 넣고 주인 아주머니에게
인사를 건넸다.
"고치소사마데시타."
'잘 먹었습니다'라는 인사가 유난히 잘 어울렸던 곳.
달콤하고 고소한 향이 무채색의 하루를 예쁜 타일 색으로 가득 채웠다.
딸랑거리는 문을 열고 밖을 향해 들뜬 발걸음을 뗀다.
생각지 못한 선물을 받았던 특별한 하루.

Mimosa

미모사 꽃이 잔뜩 그려진 외관을 따라 들어가면 예쁜 에이프런을 입은
아주머니가 타르트를 내어 주신다. 세상에 하나밖에 없는 작고 따듯한 공간.
Osaka Prefecture, Osaka, 中央区南船場1丁目2-2
〒542-0081

19. SEPTEMBER

"우리 말이야, 살아가면서 계속 변할까?"
"그렇겠지. 죽는 순간까지 우리는 변할 거야.
그래서 앞으로는 '난 어떤 사람이다'라고 말하지 않으려고.
그만큼 부질없는 말이 또 있을까?"

Clamp Coffee Sarasa

작은 골목에 숨어있는 놀라운 카페.
원두 향이 짙게 나는 조용한, 그리고 잘 꾸며진 가게가 발길을 붙잡는다.

67-38 Nishinokyo Shokushicho, Nakagyo Ward, Kyoto, Kyoto Prefecture
〒604-8381

CLAMP
COFFEE
SARASA

OPEN / 11:00-18:00
CLOSE / Wednesday

20. ON THE STREET

아차, 이어폰을 안 챙겼다. 하루를 쓰자고 이어폰을 사느니 오늘은 자연의 소리를 듣기로 했다. 산 좋고 물 좋은 곳에서 들리는 자연의 소리 말고 자연스러운 소리. 전차가 덜컹이는 소리, 매캐한 연기를 내뿜는 자동차 모터 소리, 나뭇잎이 바람에 흔들리는 소리, 아직은 이해할 수 없는 사람들의 대화 소리.

일본에서 가장 많이 들리는 소리는 단연 자전거 소리다. '지르르' 자전거 바퀴가 도는 소리. 빠르게 달리면 "지! 르! 르! 르!" 4/4박자로 들린다. 페달을 굴리지 않으면 "드드드드드-", 신경을 쓰지 않으면 몰랐겠지만 신경을 쓰기로 한 이상 박자까지 신경이 쓰이게 된다.

신호등 파란불 소리가 삐유인지 휘유인지를 정확히 듣고 싶어서 횡단보도 앞에 서서 신호를 세 번이나 기다렸다. Festival plaza에서 히고바시 역 1-B번 출구로 가는 건널목이었다.

조금만 더 탐구적인 자세를 가졌더라면 "제발 이 소리가 삐유인지 휘유인지 판단해주세요"라며 길가는 사람을 붙잡았을지도 모르겠다.

또 다른 소리를 내는 신호등도 있는데 그 소리는 뻐꾹과 비슷하다. '삐유' 만큼 정확한 소리가 아닌 음이어서, 이번에도 신호가 바뀌기를 세 번이나 기다리다 포기했다. 아무리 들어도 뻐꾹이다. 이건 어쩌면 대한민국의 평범한 교육 과정을 받은 24세 여성의 한계일지도 모르겠다.

소음도 아름답게 들리기 시작한 이상 이 세상에 아름답지 않을 것이 없다.

요도가와 강물에 비치는 햇살도 아름답게만 보여 카메라를 집어든다.

바뀐 건 이 도시도, 1.2 0.7의 불공평하기 짝이 없는 내 시력도 아니다.

그저 사소한 것들에 조금 더 집중하기.

사소함에 귀를 기울이면 세상은 음계가 된다.

유난히 시끄럽고 정신없는 도시가 주는 선물.

21. FATHER

오래된 카페의 낡은 문소리는 눈물겹다.
웅성거림 사이로 들려오는 "끼익- 끼익-"
아직 건재하다는 사실을 알려주듯,
조금 버겁다 한들 제 몫을 해내고 있다는 작은 아우성.
아직 끝나지 않았다.
아직 괜찮다.

Cafe Independants

낮은 문 틈으로 새어 나오는 쇳소리는 우리네 아버지를 떠올리게 만든다.
버겁다 한들 그 무게를 버텨내며 아직 제 할 일을 해내고 있다는 작은 아우성.
56 Benkeiishich□, Nakagy□-ku, Ky□to-shi, Ky□to-fu
〒604-8082

22. RAINY SEASON

맑은 날을 본적이 언제였는지 가물가물할 정도였다. 매일 날이 궂었고, 비가 내린
지 족히 한 달은 넘은 듯했다. 물론 가끔은 맑은 하늘이 보이기도 했지만 그 다음
날은 여지없이 회색 하늘이었다. 지독히도 길고 긴 장마였다. 반짝 해가 뜬 날엔
서둘러 빨래를 돌렸고, 밑창이 꽤나 닳아버린 스니커즈를 신고 산책을 나섰다.
우산 위의 빗물은 마를 날이 없었다. 문 밖에 활짝 펼쳐 뒀봤자, 마르기는커녕
더 젖기만 했다. 숨을 돌리면 또 비가 내렸으니까. 우산을 말리겠다는 생각
자체가 바보 같았다. 툴툴거리며 비에 젖은 우산을 돌돌 말며 카페로 들어가는데
아카리가 말했다.

"쓰유(つゆ) 기간이잖아."

"소스? 먹는 소스?"

아카리는 깔깔대며 대답했다.

"장마(梅雨, つゆ) 말이야."

장마를 다른 말로 '쓰유'라 부른다고 한다. 매화나무 매(梅), 비 우(雨). 매실이 익을
무렵에 길게 내리는 비. 더 탐스러운 열매를 맺기 위해 버티고 견뎌야 하는 시간.
억수 같은 비가 쏟아지고 난 뒤면 매실이 열린다고 한다. 마치 그 간의 고생을
보상 받듯, 더 탐스럽게.

어쩌면, 이 무겁고 습하고 긴 장마가 끝난 뒤에는

아직 덜 여문 나의 열매도 탐스럽게 익어 있지는 않을까.

어쩌면, 성장을 위해 겪는 모든 아픔은 기나긴 장마와 같은 것이 아닐까.

별것 아닌 단어 하나에 위로 받는 밤.

어서 이 길고 긴 장마가 끝나길 기도하는 밤.

23. THE GUY

사랑 하나만으로 모든 것을 채울 수 없는 세상을 살아가기에.
그는 종종 술이 거나하게 취한 밤이면 몇 번이고 전화를 걸어 장롱 아래 꼭꼭
감춰둔 보험증서의 위치를 알려주곤 했다.
그런 밤이면, 첫 번째 통화에 그를 달래다, 두 번째 통화에 그를 다독이고. 세 번째
통화에 화를 내다, 이내 전화를 꺼버리곤 침대에 누워 베갯잇을 적시며,
그렇게 어둡고 긴 밤을, 영원히 끝나지 않을 것만 같은 밤을 보냈다.

그의 마음을 헤아리기엔 나는 너무 어렸고, 현실을 감당하기엔 또한 너무나
여렸으므로. 그렇게 밖에 표현할 수 없는 그의 사랑을 보지 못했고, 수화기 너머의
깊은 한숨을 읽지 못했고, 당장 무너져도 이상할 게 없으리만큼 무거운 어깨와
깊은 고독을 살피지 못했다.
그 시절, 나는 일렁이는 나의 마음을 달래기에 바빠 망막한 사막 속 한 떨기
꽃 같은 그의 마음을 감싸줄 수 없었지만 스물넷이 된 지금에서야 조심스레
고백한다.

사랑 하나만으로 모든 것을 채울 수 없는 세상이지만,
아버지라는 존재는 이 세상보다 크다는 것을.
아버지,
늦겨울 오후 4시의 햇살,
청청한 5월의 바람,
나의 세상,
나의 우주.

24. THE REGULAR CUSTOMER

너, 새로 온 알바생이지? 나 모르지? 나 여기 종종 왔어. 무려 네 달 전부터 말이야.
그래, 그땐 지금보다 날이 더웠다고. 민소매랑 반바지를 입고 다녔으니까.
여기 말이야. 화장실이 진짜 안 좋잖아. 심지어 카페 밖으로 걸어나가야 하잖아.
테이블도 하도 낡아서 손가락에 가시가 박힐 수도 있고. 어쩌나 조용한지 친구랑
크게 떠들기도 힘들잖아. 게다가 요즘 세상에 귀뚜라미 소리가 들리는 카페가
어디 있겠어. 와이파이도 안돼서 얼마나 불편한지 몰라.
근데, 그거 알아? 나 여기 단골이야. 이렇게 불편한 데도 벌써 열 번이나 왔어.
고작 열 번 온 걸로 단골이라 으스대지 말라고? 그렇지만 나는 한국 사람이야.
교토를 올 때마다 항상 여길 들른다고.
나는 알아. 이 카페에서 보내는 시간이 얼마나 예쁜지.
오후 4시쯤 기다란 창문으로 들어오는 햇살이 얼마나 따스한지, 딱 떨어지는
그림자와 흔들리는 나뭇잎을 보는 그 시간이 얼마나 여유로운지 말이야.
여기선 묘한 냄새가 나. 초등학생 때 맡았을 법한 교실 냄새 말이야.
나무 바닥을 윤냈던 왁스 냄새 같기도 해.
있잖아, 난 이 카페가 계절에 따라 어떤 모습으로 바뀌는지 다 지켜봐 왔어. 이제
가을도 지나고 겨울만 남았지.
겨울도 보러 올 거냐고? 아니. 사실 난방은 어떻게 할 생각인지 궁금하긴 해.
그래도 아껴 둘 거야. 그리고 시간이 더 흐르면 다시 찾아와서 전 주인이라도 되는
양 으스대면서 말할 거야.
"여긴 여전하네요! 따뜻한 카페오레 한 잔 주세요!"

Traveling Coffee

학교를 개조해서 만든 카페. 교실을 빼다 박은 내부와 2층에서
상영하는 오래된 필름 영화가 매력적인 곳.
교토를 갈 때 마다 하루 한 번은 가게 되는 마성의 장소다.

Kyoto Prefecture, Kyoto, Nakagyo Ward, 蛸薬師通河原町東入備前島町310-2
〒604-8023

25. MY WORLD

비가 쏟아지는 교토의 밤이었다. 니조성 근처에 있는 작은 바.
푹신한 소파에 몸을 뉘이듯 기대앉아 잭콕을 벌컥벌컥 들이키는 가을밤.
David는 잔뜩 쌓여있는 CD 속에서 작업할 때 늘 듣던 곡이라며 Sigur ròs의
앨범을 찾아 틀었고, 나는 눈을 감고 진득이 음악에 빠졌다. 노랫소리는 빗소리와
함께 섞였고, 그는 옆에 앉아 그 순간을 그렸다.
침묵을 먼저 깬 건 나였다.
"그 사람이 듣는 노래들을 보면, 그 사람이 어떤 사람인지 파악을 할 수 있대."
"그래서 '나'는 어떤 사람인지 파악됐어?"
눈을 도르르 굴리다 씨익 웃으며 대답했다.
"아직 한 곡밖에 듣질 않았잖아."
그는 그림을 마저 그렸고, 나는 다시 눈을 감고 스피커에서 흘러나오는 노래를
들으며 '나'를 떠올렸다.
나의 자아.
좋아하는 음악과 영화, 책, 친한 친구, 좌우명, 가족과 생활 환경. 경험들과 걸어온
길들, 취미, 습관 같은 것들이 쌓이고 쌓여 완성된 나의 세상.
"나예요"
'금발의 긴 생머리에 동그란 얼굴이에요. 재즈를 좋아하고, 성격이 그다지 좋진
않지만 그래도 웬만큼은 다 맞춰주려 노력해요. 여행을 좋아하고 낮잠은 거의
매일 자는 편이에요. 새로운 것을 좋아하는 만큼 많은 것에 쉽게 질려 해요.
스트레스를 받을 땐 초콜릿을 먹어요.'
비 오는 밤에 세운 목표, 다음 번엔 초콜릿 대신 운동을 넣을 것.

Olbone

니조성 근처 골목에 숨어있는 작은 바
과하지 않게 멋스러운 공간은 밤을 잡아두기에 충분했다.
242 Kodocho, Kamigyo Ward, Kyoto, Kyoto Prefecture

26. HOSTEL

톡톡. 창 밖으로 비 내리는 소리가 들렸고, 방 안은 빛 한 조각 없이 어두웠다.
잠시 대화가 끊길 땐 들숨과 날숨의 소리까지 느껴져 내가 숨을 고르게 쉬고 있는
것일까 온몸의 말초 신경이 곤두설 정도였다.

그 밤은 꽤나 길었다. 어린 시절 이야기부터 좋아하는 영화와 책 이야기, 잘
먹는 음식과 취미, 주말엔 뭘 하는지, 일본 사람은 왜 닭 벗을 먹는지, 강아지를
좋아하는지 고양이를 좋아하는지, 앞으로는 어떤 일을 하고 싶은 지와 같은,
각자의 사소한 이야기를 주절거리는 시간.

"나 예전 호스트 친구한테 일본어 배웠어."

"뭐?"

"쿠소마에"

J는 킬킬대며 웃었다. 그도 그럴 것이 쿠소마에는 '정말 맛있어'의
비속어였으니까.

"쿠소 키레이" "쿠소 오이시" "쿠소 카와이"

알고 있는 일본어 형용사가 바닥이 날 때쯤 말도 안된다며 킬킬대던 J가 웃음을
멈추더니 내게 물었다.

"나도 일본어 알려줄까?"

"뭐?"

"키스시테"

"무슨 의민데?"

"'키스해줘'란 뜻이야."

나는 이불을 턱 끝까지 덮으며 "나중에 쓸 수 있게 꼭 기억해둘게. 난 이제 자야겠다. 잘 자"라고 아무렇지 않은 척 대답했지만, 사실은 오늘이 비가 오는 날이라, 빗방울이 창문을 톡톡 치길 다행이라 생각했다. 꼴깍, 마른침을 삼키는 소리가 새어나가지 않아서.

Drummer's Dream

도심에서 살짝 떨어진 곳에 위치한 호스텔. 낡은 외관이 더 멋스럽게 느껴지는 곳.
'사카이 역' 근처의 소박한 분위기와 주인이 추천해준 모든 음식점이 다 만족스러웠다.
Osaka Prefecture, Sakai, Sakai Ward, Minamijimacho, 2丁51-1
〒590-0904

27. PERENNIAL YOUTH

"채빈, 나 히메지(姫路)에 남기로 했어!"

아카리가 말했다. 왜? 왜냐고 묻고 싶었다. 내게 오사카란 곧 네가 있는 곳인데, 네가 이제 오사카에 없다고? 놀란 눈을 뜬 내게 아카리는 활짝 웃으며 말을 이어갔다.

"런던으로 갈 거야. 워킹홀리데이 알지? 비자를 받았어. 히메지에서 돈을 모으고, 내년에 떠날 거야."

열아홉의 눈은 반짝반짝 빛났다. 당차고 굳센, 두려움 없는 눈빛이었다. 잔 물결에도 마냥 휩쓸리는 겁쟁이 스물넷과는 달랐다.

"대단해, 아카리."

진심을 담아 말했다. 그녀의 나이는 열아홉. 한국 나이로 친다면 스물에서 스물하나 사이. 그 나이 때 난 뭘 했더라? 과 동기들과 새벽 5시까지 술을 마셨고, 통기타 동아리에서 술 게임을 배웠고, 가벼운 관계에 빠졌고, 한 때 사랑했던 그는 군대로 떠났다. 물론, 계획의 대부분은 실패였다.

그녀와 대화를 나누다 보니 문득 한국에 있는 언니 오빠들이 생각이 났다. 반짝이는 사원증을 목에 걸고 나와 나를 맞아준 언니 오빠들. 배낭을 메고 막 돌아온 나를 보며 "내가 네 나이 땐 뭘 했더라?"라고 말했던 언니 오빠들. 그래, 스물여덟에겐 스물넷이 어리다. 서른에겐 스물여덟이 어리고, 마흔에겐 서른이 어린 법이다. 쉰에겐 마흔만큼 부러운 나이가 없을 것이고, 그렇게 우리는 결국 평생 누군가에게 부러운 나이로 살아 갈 것이다.

조금 더 용감하게 살아갈 것. 마음이 이끄는 방향을 좇아갈 것.
한 살이라도 어릴 때 더 많은 것을 경험 할 것.
그렇다면 죽기 전까지 이런 아쉬운 소리는 하지 않겠지.
"내가 네 나이만 됐더라면."

The 33

다가가기 어려울 정도로 불편하지 않고, 매일 찾을 만큼 편하지도 않은, 사람 관계 같은 레스토랑.
발 아래 놓인 오사카의 풍경을 보며 '한끼 맛있게 잘 먹었다' 할 수 있는 곳이다.
우메다 공중 정원과 비슷한 위치, 비슷한 층수.
저녁을 먹으며 야경을 보기에도, 점심을 나누며 풍경을 보기에도 좋은 곳.
Osaka Prefecture, Osaka, Kita Ward, Umeda, 2 Chome-4-9
〒530-0001

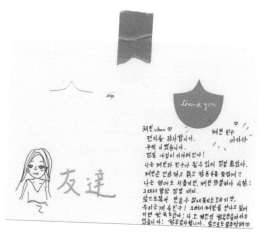

28. THE COMPASS

히메지를 떠나는 날이었다. 마지막 날까지 보란 듯이 날은 흐렸고, 느지막이 일어나 짐을 챙겼다. 엉킨 머리를 대충 빗질로 풀어내고, 모자를 덮어쓰고, 방을 대충 정리한 뒤, 캐리어를 들고 방 문을 나섰다.

내가 지냈던 방의 바로 맞은편은 부엌. 어젯밤 Geoff와 나눠 마셨던 술잔이 보였다. 매일 아침 했던 일이지만 이제 마지막인 일. 떠나기 전 마지막으로 팔을 걷고, 컵을 씻어 건조대에 올려 뒀다. 손을 탈탈 털고 작은 테이블로 눈을 돌리니 종이와 펜이 보였다. 'Morning Chaebin! (Afternoon?!)'으로 시작하는 긴 편지. 그리고 그 편지의 마지막 문단.

- 네가 정말 원하는 것들을 찾길 바래. 그게 단지 차 한잔과 좋은 음악 같이 사소한 것일지라도 말이야. 정말 찾기 쉬운 것들이니 그걸 원하는 사람이라면 분명 세상에서 가장 행복한 사람 일 거야. 즐거운 여행이 되길 바라! 너의 친구, Geoff가. -

닫힌 캐리어를 열어 엽서와 펜을 집어 들었다. 썩 예쁜 글씨는 아니었지만 한 자 한 자에 마음을 꾹꾹 담아 그에게 감사함을 표했다. 서둘러 캐리어를 챙겨 나와 기차에 올라탔다. 날은 흐렸지만 오른 편으로는 뻥 뚫린 바다가 보였고, 그의 세심한 편지 덕인지 뻥 뚫린 바다 덕인지, 마음도 한결 가벼워졌다.

멍하니 창 밖을 바라보다 이 여행을 더 이어나가기로 결심했다. 삶이란 목적지가 없는 기차와 같아서. 언제, 어느 곳에서 내가 '바라는 것'을 마주하게 될지 모르니까. 무언가를 잃기도, 얻기도 하면서 끊임없이 실체를 알 수 없는 어떤 것을 찾아가겠지. 부딪치고, 깨지고, 흔들리면서 방향을 잡아가는 나침반처럼, 미국에서 태어난 너와, 한국에서 태어난 내가 히메지라는 작은 도시에서 만난 것처럼.

두 번째 일탈 -

치앙마이

나를 치유해주다

01. PURSUIT OF HAPPINESS

수많은 사람들로 가득 채웠던 12월. 숨 돌릴 틈 없던 시간들.
12월 31일, 새해를 맞이하기 직전의 그날. 그날은 다른 날 보다 눈이 빨리 떠졌다.
간단히 아침을 챙겨먹은 뒤 옥상으로 올라갔다. 바람이 차가웠다. 뼈를 뚫고
들어오는 추위는 아니었지만, 정신을 번쩍 들게 하기엔 충분했다. 기지개를 켜고
한 집 건너 한 집 씩은 유리창이 깨져 있는 텅 빈 동네를 바라봤다. 우리집도 곧 이
곳을 떠나야겠지.
알 수 없는 공허함이 물밀 듯 밀려왔다. 방으로 돌아와 이불을 뒤집어썼지만,
뼛속까지 파고든 공허함은 사그라들 줄 몰랐다. 눈을 감고 다시 잠들려 했지만
생각이 꼬리를 물고 달려들어 잠들 수조차 없었다.
"우리나라도 안락사가 합법이라면, 저도 서른 즈음에 눈을 감고 싶어요. 왜
있잖아요. 네덜란드였나, 지독한 우울증으로 안락사가 허가된 곳처럼요."
그럼에도 헐떡이는 숨을 이어가야 한다는 것을, 이어 갈 것임을 알고 있지만,
누군가를 만날 땐 입버릇처럼 이야기했다. 특히나 눈물이 날 만큼 평온하고
행복한 날에.

살아간다는 건, 끝없는 자기 연민과 외로움 속에서 버텨내는 것.
우습게도 더욱이 처량한 나의 연민은 행복한 순간에 더욱 깊숙이 찾아왔다. 마치
한 줌의 재처럼, 솜털 바람에도 저 먼 곳으로 날아가버릴 것 같은 순간은 다시
모아 쥘 수도 없는 존재 같아 황홀하고 눈물겨웠다.
이불을 걷어내고 침대에서 일어났다. 부스스한 머리를 올려 묶고, 이삿짐으로
가득 찬 방을 바라봤다. 상자를 들어 테이프를 뜯고, 커다란 포대자루에 빛을 잃은
것들을 쓸어 담기 시작했다.

받아만 둔 명함, 언젠간 입을 거라 생각했던 옷, 다 읽은 책과 과거 연인의 선물과 사진, 이제는 듣지 않는 앨범, 핸드폰 속 연락처. 놓아야 할 것들, 마지못해 잡고 있는 것들.

그날 밤, 또 다시 비행기 티켓을 끊었다. 견딜 수 있을 만큼의 적당한 행복을 찾기 위해. 혹은, 넘치는 행복을 다루는 방법을 깨닫기 위해.

02. RETURN

다시 치앙마이에 왔다. 스물셋의 나와 스물다섯의 내가 마주하는 곳.

그 땐 그랬다. 젊으니까 뭐든 괜찮을 거라 생각했다. 공항 노숙을 몇 번씩이나 한 뒤에 에어컨도, 침대도 없는 제일 싸구려 기차에 몸을 싣고 11시간을 이동했더니 결국 몸살이 났다. 가장 기대했던 도시였지만 아파서 제대로 둘러보지도 못했다. 후덥지근한 날씨에 고열로 신음하며 방 안에서 꼼짝 못하고 며칠을 앓다가, 덜덜 떨리는 손으로 싸구려 팟타이를 둘둘 말아 먹다 토악질을 해댔다. 숨 쉴 만해졌을 때는 다른 도시로 급히 옮겨갔다. 어차피 좋은 기억 하나 없는 곳이니 일말의 미련도 없었다.

그 후 2년이라는 시간이 흘러갔다. 떠올리는 것조차 싫었던 그 기억들은 슬금슬금 무뎌졌다. 그렇게 남은 것은 순간순간 코 끝을 스쳐 지나간 알싸한 향과 폐를 달궈대던 후덥지근한 공기, 등허리를 적시던 끈적한 땀, 그리고 그 시절 배낭 하나 메고 한순간 힌순간을 충실하게 살아가던 내 모습뿐이었다.

택시를 타고 숙소로 향하는 지금, 시선의 끝엔 눈부신 햇살이 가득하다. 길을 빙 두르고 있는 해자에 햇빛이 쏟아져 반짝거린다. 성벽을 따라 오토바이와 자동차, 송태우(song thaew)와 자전거들이 어지러이 달린다. 여기저기 늘어진 나무와 황금빛 사원들이 도처에 깔려있다.

그래 나는 다시 이 곳으로, 지독히도 괴로운 기억만 남겼던 이곳으로 돌아왔다. 평생을 안고 갈 나쁜 기억은 없다고, 모든 건 흘러가는 시간 속에서 치유될 수 있다고, 그렇게 성숙해져 갈 수 있다고, 스물다섯의 나에게 알려주기 위하여.

03. TIME

잠깐의 도망도 허락하지 않는 세상 속에서,
나의 아픔을 안아줄 시간을
나의 실수를 감싸줄 시간을
내가 만들지 않으면 또 누가 만들겠어.

04. NEW START

또 한 번, '집'을 구했다. 두 번째 일탈을 위한 나의 두 번째 집.

한 달에 8,900바트. 하얗고 넓은 침대와 속이 비치는 얇은 커튼 사이로 햇빛이 가득 들어오는 방이었다. 한 달에 29만 원쯤 되는 돈으로 누릴 수 있는 최고의 호사. 님만해민(Nimmanhaemin)에서 걸어서 10분. 이 정도면 님만의 소란스러움을 피해 나만의 밤을 갖기에 적당한 위치. 게다가 놀랍도록 저렴한 물가와 감각적인 카페, 레스토랑들. 이 곳은 안정적인 직업 하나 없는 한량에게 주어진 작은 유토피아였다.

하얀 종이에 빼곡히 적힌 계약 내용을 꼼꼼히 살펴보고, 까만 펜으로 계약서에 서명을 한 다음, 오피스 직원들과 악수를 했다.

"잘 부탁해. 입주는 1월 15일부터 가능하니까, 1월 15일에 보자!"

한껏 들뜬 마음을 오른손에 담아 악수를 나눈 뒤, 후련한 발걸음으로 건물을 나왔다. 가장 먼저 향한 곳은 바이크 렌탈숍. 스쿠터를 대신해 내 발이 되어 줄 검정색 자전거를 한 대 골랐다. 역시나 저렴한 가격. 한 달에 1,000바트, 우리 돈 3만2,000원. 길 한편에 자전거를 세워두고 얼음을 듬뿍 간 수박주스 한 잔을 마시니 찐득한 땀과 함께 남아 있던 두려움의 찌꺼기가 모조리 사라지고, 들뜬 공기와 설렘만이 남는다. 나의 집이라는 작은 공간에서 오는 뜨거운 안정감. 안정감의 옷깃을 쥐고 쑥스럽게 고개를 든 용기. 지구를 구한 영웅이라도 된 양 무엇이든 해낼 수 있을 것 같던 오늘 하루.

Kanith Place

3일간 하루 3만 보를 넘게 걸어 다니며 계약한 나의 작은 집. 정말 좋은 직원들. 최고의 친구들.
1층에 있는 카페의 Thai tea는 잊지 못할 맛이다. 서걱이는 이불보와 지나치게 넓지도,
좁지도 않은 방은 안락하다. 다시 치앙마이로 돌아간대도 이 곳에서 머물러야지.

Chang Phueak, Mueang Chiang Mai District, 50300

05. PAI

"빠이(Pai)로 가는 티켓 한 장 예약하려고, 내일 아침 가장 빠른 티켓으로."

또 다시 그곳을 가기로 했다. 덜컹이는 미니밴에 내 몸을 싣고, 짐도 한가득 싣고, 구불구불한 산속 763개의 커브 길을 3시간 반이나 달려야만 도착하는 곳. 높은 빌딩은 커녕 시원한 에어컨이 나오는 모던한 카페 하나 없는 곳. 버스도 택시도 없어서 숙소까지 걸어가거나, 스쿠터에 달린 작고 노란 달구지가 마중 나오는 픽업 서비스를 이용해야 하는 곳. 스쿠터가 없다면 작은 마을 밖으로 나갈 엄두도 나지 않는 불편이 잔뜩 묻어있는 곳. 아이러니하게도 이런 사소한 불편들이 오히려 마음을 편안하게 해준다. 완벽하지 않은 곳이기에 나의 불완전을 이해해줄 것 같아서. 서툴게 구색을 갖춘 도시가 내 부족하고 모난 부분들도 괜찮다 말해주는 것 같아서.

모자람의 미학이란 이런 거라, 모자란 나를 다독여주는 것 같아서.

06. THE ATMOSPHERE

질질 끄는 슬리퍼 소리
바람이 통하는 헐렁한 바지
씻지 않은 날 것의 얼굴
정신이 아득해질 만큼 독한 술
누구든 받아들일 유연한 마음
까마득한 현실
어디든 내 한 몸 게을리 늘어뜨릴 수 있는 카페와 바
손 때가 잔뜩 묻은 너덜너덜한 책
귀를 간지럽히는 풀벌레 소리
다리를 절뚝이는 사람들
널브러진 개들
그리고 나를 감싸는 차분한 공기.

Espresso Bar

나무로 된 외관이 눈길을 이끄는 곳이다. 늘어지기 딱 좋은 안쪽 좌석은
편안한 분위기를 만끽하게 해준다. Ice thai tea 한 잔 시켜두고 여유를 부리는 곳
230 1095, Wiang Tai, Amphoe Pai, Chang Wat Mae Hong Son 58130

07. ZERO GRAVITY

스쿠터를 타고 시내로 10분, 빠이에 있는 작은 바를 돌며 노래를 부르는 가수들이
공연을 하는 작은 라이브 바. 피나콜라다가 식도를 타고 귀를 적신다. 머릿속은
잔뜩 헝클어지고, 꼭 맞게 신겨져 있던 신발과 자세는 이내 흐트러진다.
꼿꼿하던 허리는 굽어지고, 고개를 까닥거리다 턱을 괴다, 벽에 등을 붙이다 이내
바닥으로, 양 손은 심장에, 눈을 감고 잔뜩 흐트러진 상태를 오롯이 받아들인다.
스쿠터를 타고 숙소로 간다. 나의 자리는 누군가의 뒷자리. 어깨를 꼭 잡고 거리를
달린다. 찬 바람이 잔뜩 붉어진 얼굴을 스치고 입꼬리를 잔뜩 올려놓는다.
할 수 있는 말은 그저 "너무 행복해요. 이보다 더 행복할 순 없을 것 같아요."
밤은 끝나지 않았다. 테라스 건너 보이는 산을 채 넘지 못한 안개, 유난히 밝은
달과 금성, 지구 아래 어디서나 볼 수 있는 오리온자리.
귓가를 어지럽히는 풀벌레와 개구리, 담배가 타 들어가는 소리. 드뷔시와
베르나르도 베르톨루치, 시규어 로스, 케이코 리, 엔니오 모리꼬네.
시곗바늘은 로켓을 타고 나른다. 머리 위의 달은 어느새 저 너머로. 나의 자리는
다시 누군가의 뒷자리. 긴팔을 입었음에도 옷깃을 여미게 되는 서늘한 바람과
인파가 사라진 거리. 끝나지 않을 것 같은 밤. 하늘을 날아다닐 것만 같은 새벽.

08. INEXPLICABLE

"잘 지내는 것 같네. 예전의 넌 꼭 수경식물 같아서, 언제 뿌리가 뽑힐지 몰라 많이 불안했는데. 요즘엔 참 단단해 보여. 참 단단해진 것 같아 너."

오랜만에 연락이 닿았다. 2년 전 빠이에서 만났던 그, 불안하기 그지없던 그 시절의 나와 어딘가 닮아 서로가 서로에게 연민을 품었던, 서로의 우울을 끝없이 털어 놓았던 대나무 숲.

오랜만에 술을 마셨다고 했다. 한 달간 휴대전화도 뺏긴 채로 병원에 갇혀 있었다고. 이제야 나와서 오랜만에 연락을 한다고. 눈보라가 몰아치는 허허벌판 같은 이야기를 나른한 목소리로 담담하게 말했다.

이제 이정도 일은 별 것 아니라는 것처럼. 공허한 마음과 깊은 우울은 당연한 일상인 것처럼.

담담한 그의 음성에 맞춰, 나도 담담하게 대답했다.

"그때도 지금도 빠이는 여전해."

열이 오른 핸드폰을 내려놓으니 밤은 한층 더 진해졌고, 단단해 보인다는 말이 우스워질 만큼 긴 한숨이 흘러나왔다. 우리는 왜. 우리는 왜 2년 전 그날 빠이로 갔을까. 이 세상 수백수천 개의 도시 중에서 우리는 왜 같은 날 같은 곳에서 마주쳤을까. 빠이는 어떤 곳이기에 이렇게 한 줌 바람에도 저 멀리 날아갈 것 같던 우리를 한 자리에 불렀을까.

심향

정이 많은 한국인 할아버지가 운영하시는 숙소. 집밥이 그리울 때면 무조건 들려야 하는 곳. 언제 가도 손주딸 대하듯이 대해주시는 따듯한 숙소라 발길이 간다.

Pai, Pai District, 메홍손 58130

09. STRANGER

때로는 주변의 그 누구에게도 말 못한 시커멓게 곪은 내 상처를,
같은 시간 같은 하늘에 있다는 이유 하나만으로
완벽한 타인이 되어 꺼낼 수 있다.
나는 상대에게, 상대는 나에게 완벽한 화자와 청자가 되어
서로의 이야기를 가슴 한구석에 묻어두고
그렇게 우리는 그곳에서 떠나온다.

PM Spirit

모닥불을 피워두고 라이브 밴드의 공연을 보는 곳. 밤 하늘엔 별이 수놓아져 있고,
모닥불이 타 들어가는 소리와 음악 소리, 사람들의 대화 소리가 섞여 절로 행복해지는 곳.
Pai, Pai District, 메홍손 58130

10. I DON'T CARE

이곳에선 아무도 날 신경 쓰지 않아. 내가 무엇을 입든, 방 안에서 신던 슬리퍼를
질질 끌고 나오든, 꼴도 보기 싫은 여드름 자국을 가리려고 분칠을 하든 말든,
아이라인을 긋든 말든, 마스카라로 속눈썹을 뒤덮든 말든. 아무도 신경 쓰지 않아.
그냥 그대로의 나. 매일 아침 부스스해진 머리를 더운 열로 잠재울 필요도 없고,
하루에 2리터씩 꼬박꼬박 물을 마실 필요도 없고, 그때그때 일정을 위해 알람을
켜둘 필요도 없어. 길을 걸으며 노래를 부르다 다른 이와 눈이 마주치면 그저 방긋
웃으면 돼.
이왕이면 기타를 메 볼까.
기타를 메고 큰 소리로 노래 부르며 거닐어 볼까.

11. FIRST WEEKEND

치앙마이에서의 첫 주말이 찾아왔다. 매일이 주말 같은 탓에 별 다를 것 없는
하루가 될 뻔 했지만, '치앙마이에선 매주 토요일에 정글에서 빵시장이 열려'라는
귀한 정보를 얻은 이상, 가지 않을 수가 없었다. 스쿠터를 타고 10분을 달렸다.
큰 도로를 지나고, 좁다란 길을 타고 조금 더 가면 차와 스쿠터들이 이리저리
엉켜있는 정글의 입구. 천성이 게으른 탓에 아침 일찍 오지 못했는데, 번호
대기표를 받지 않아도 된다는 사실은 오히려 게으름에 감사하게 되었다.
나무와 풀이 우거진 좁은 숲 속 길을 걸으니 작은 매대들이 보이기 시작했다.
5,000원도 채 되지 않는 오가닉 샐러드 소스, 갓 만든 신선한 요거트와 아몬드
우유. 편안해 보이는 옷들과 예쁜 장신구들. 플라스틱 통에 이리저리 담겨있는 멋
부리지 않은 투박한 빵들.
버터 냄새가 코를 감싸고 돌았다. 봉지를 집어 들고 크루아상과 브라우니를
담았다. 꽤나 많이 샀다고 생각 했음에도 부르는 금액은 150바트. 가벼운
기분으로 돈을 건네고 공짜 커피 한 잔을 건네 받았다.
작은 벤치에 앉아 아직까지 따뜻한 커피를 홀짝이고, 들어오는 햇살에 눈을
감았다. 크루아상 한 입을 베어 물고 아직 채 끝나지 않은 시장을 구경하다, 다시
시선을 거두고 눈을 감았다. 이게 치앙마이의 일상이구나.
느지막이 눈을 떴을 때 하늘하늘한 커튼 사이로 들어오는 햇살, 매주 토요일에
열리는 매력이 넘치는 시장, 이제는 눈을 감고도 찾아갈 수 있을 만큼 자주 가는
카페와 목소리만 들어도 누군지 알 수 있을 만큼 친근해진 사람들.
나의 소소한 일상을 사랑하게 된다는 것. 따뜻한 일상에서 살아간다는 것.

Nana Jungle Market

자갈 돌이 깔리고 나무들이 얼기설기 엉켜 있는 정글을 따라 들어가면 새로운 세상처럼
작은 플리마켓 장소가 나온다. 매주 토요일 내 아침을 조금 이르게 시작하게 만든 주범.
버터 냄새가 가득한 빵과 커피 한 잔을 마시면 아침이 시작되는 기분이다.
평화롭고 따듯하다. 커피가 아주 쓰니 우유와 섞어 먹거나, 조금 묽게 먹어야 하는 곳.
Chang Phueak, Mueang Chiang Mai District, **치앙마이 50300**

12. MIDNIGHT

목이 뻥 뚫리는 맥주가 필요한 밤이었다. 매일 밤 샤워를 깨끗하게 끝낸 뒤 침대에 누워 맥주를 들이키는 건, 집에서 3,800여 km 떨어진 곳에서 혼자 사는 20대 여자에게 주는 작은 선물 같은 것이었으니.

모든 것이 아름답고 만족스러운 이 곳의 삶에서 단 하나 마음에 들지 않는 것이 있다면, 자정 이후에는 편의점과 마트에서 술을 살 수 없는 점이었다.

마치 사흘에 한 번 갖는 일종의 의식처럼 집 근처 Tesco로 가서 장바구니에 맥주를 한가득 담아 집으로 돌아왔는데, 하필 오늘 그 의식을 깜빡 잊고 말았다. 그에 대한 대가는 잠들지 못하고 긴 밤을 새야 할 지도 모르는 꽤나 큰 벌이다.

하늘이 무너져도 솟아날 구멍은 있듯이, 치앙마이에서도 법의 망을 뚫는 구멍은 있었다. 준법 정신이 투철하다 생각 해왔건만, 이런 사소한 일탈쯤은 태국 정부에서도 이해 해줄 거란 말도 안되는 합리화를 하며 몇 번 들렸던 구멍가게를 찾았다. 평소 가던 가게는 이미 문을 닫은 상태. 잠시 고민하다 자전거를 타고 불 꺼진 길을 내달렸다. 얼마나 달렸을까, 문이 열린 음식점이 보였다. 힐끗 보니 맥주와 직접 담근 듯한 술이 눈에 들어왔다. 직감적으로 느꼈다. '바로 여기야.'

주춤주춤 가게 안으로 들어가 주인으로 보이는 인상 좋은 사람에게 말을 걸었다. "나 정말로 맥주가 마시고 싶은데, 한 병만 살 수 있을까요? 여기서 안마실 게요. 집에 가져 갈 거예요." 그녀는 내 부탁을 단 칼에 거절했고, 나는 다시 한 번 부탁했다. "정말 한 병이면 돼요. 집에서 마실 거예요."

그녀는 잠시 고민을 하더니 다른 남자와 짧게 대화를 나눴다. 그는 내게 술값을 요구하고는 어디론가 사라졌다. 어색한 시간이 찾아왔다. 젖은 머리에서 물을 뚝뚝 흘리며 찾아온 외국인이 주춤거리며 맥주를 기다리는 시간.

"뭐해? 앉아."

맘네

역시나 동네에 있는 작은 밥집. 노란색 페인트칠이 되어있는 가게. 정확한 위치도, 상호 명도
모르지만 혹시나 Kanith place 근처를 걷다 이 곳을 방문한다면 한국에 있는 딸이 보고 싶어
한다고 꼭 전해주세요. Kanith place에서 Huay tueng tao 방향으로 걷다 처음 나오는 골목에서
우회전해서 Tesco를 지나 쭉 내려가면 나와요! 친근한 가게, 푸근한 주인, 나의 태국 엄마.

그때였다. 그녀가 그 술자리에 나를 앉혔다. 낯모르는 태국 사람들이 모여있는 그 자리에 끼어들자니 좀 쑥스러웠지만 별수 없었다. 여기엔 맥주가 있었으니까.

"한국에서 온지 3주쯤 됐고 이 근처에 살아요. 이름은 채빈인데, 태국인 친구들은 날 '샤바'라고 불러요."

"Very strong!"이라는 설명과 함께 보랏빛 담금주 잔을 받았다. 쭉 들이켰더니 속이 타 들어가는 듯했다. 혀를 내밀며 인상을 찌푸렸고, 그들은 가게가 떠나가라 웃었다. 맥주를 마시기도 전에 독한 담금주부터 쭉쭉 들이켰더니 취기가 돌았다. 얼굴은 빨개지고 목소리는 높아졌다. 가게 여주인의 이름은 '진미', 함께 있던 친구들의 이름은 '아미'와 '목씨', 그리고 '할랏'. 유쾌한 사람들이었다. 쓰레기통에서 주워 온 것 같은 내 태국어 발음에 다시 한 번 가게가 떠나려갈 듯 큰 소리로 웃어댔다. 하기야, 내 이름을 꽃이 아니라 물고기로 소개했으니 웃기긴 엄청 웃겼겠지만. 만난 지 고작 20분밖에 되지 않았음에도 불구하고 어찌나 친근하게 느껴지던지, 당혹스러울 정도였다.

그날 밤, 우리는 몇 병의 술을 더 나눴다. 한 밤의 작은 소란에 앞집에서 민원이 들어왔고, 노란 벽의 허름한 가게에서 노래를 부르고, 춤을 추고, 술을 마셨다. 아침은 빠르게 다가왔고, 만난 지 하루는커녕 몇 시간 되지도 않은 그들과 내일 또 만나자는 약속을 했고, 그날 그 새벽은 머리가 깨질 듯한 숙취와 뜨거운 정을 남겼다.

13. BREAK THE FRAME

여자라면 이래야 해. 남자라면 이래야 해. 너는 이런 아이가, 이런 사람이
아니잖아. 학생이라면 이래야 해. 직장인이라면, 어른이라면.
사회의 구성원이 되어 세상을 알아갈 때쯤, 막 터질 것 같던 색색의 꽃망울은
시들어 떨어진다. 흙 속에 파묻혀 빛을 잃어가고 결국 거름이 되어 사회가 된다.
어른이 된다.
그렇게 타인의 시선 속에 나 자신을 얼마나 묶어왔던가. 셀 수 없이 많은 족쇄에
나 자신을 가둬버렸다. 참아야 할 게 너무 많았다. 울고 싶을 땐 아랫입술을
깨물고 숨을 네댓 번 고른 뒤 하늘을 보는 법을 익혔고, 힘들어도 웃었고,
부조리에 눈을 감았다.
행복은 살짝 미칠 때 찾아온다. 날 아는 이 하나 없는 이곳에서 살짝 미쳐보자.
500바트짜리 보드카 버킷의 힘도 살짝 빌려보자. 흥에 겨워 춤을 추고, 노래를
부르고, 목이 터질 듯이 소리를 지르며 웃고, 눈물이 터질 것 같으면 주저 앉아
펑펑 울어버리자. 잔뜩 열이 오른 얼굴로 옆 사람을 힘껏 껴안고, 볼에 입을
맞추고, 술병을 들고 춤을 추자.
미친 사람처럼 어린아이처럼 이 밤이 끝날 때까지.

Zoe In Yellow

'오늘 미친 듯이 놀아보자'라는 마음이라면 꼭 들려야 한다.
나도 알고, 너도 아는 유행했던 노래들에 맞춰 다같이 춤을 춘다.
잘 출 필요도, 흥을 숨길 필요도 없다. 내 앞의 사람이 누군지도 중요치 않다.

Rajvithi Road, Chiang Mai 50200

14. VASE

아침 해가 떠올랐고, 또 다른 하루가 시작되었다.

카페에서 그와 마주앉아 일상적인 대화를 나누다, "오늘은 어디 가볼래?"라는
말에 "그냥 달려요. 날씨도 좋은데"라 답했다. 그렇게 우리는 헬멧을 쓰고
스쿠터에 앉아 '그냥' 달렸다.

치앙마이에 온지도 벌써 2주째, 동쪽으로 움직인 건 처음이었다. 건조하고 시원한
바람이 머리카락 사이로 파고든다. '꽤 달렸네'라고 생각했을 때 작은 꽃시장이
나왔다. 도통 꽃시장으로 보기 어려운, 문이 열리지만 않았어도 어시장으로 볼
법한 곳이었다.

정말 허름한 곳이었으나, 꽃은 아름다웠다. 생화라는 게 믿기지 않을 만큼
아름다워서 손 끝으로 잎을 톡톡 건들며 확인까지 해봤다. 어떤 꽃을 고를까,
어떤 꽃이 내 작은 방과 어울릴까 고민을 하다, 내 방이지만 내 방이 아닌 곳과 잘
어울릴 것 같다는 생각에 꽃이지만 가장 꽃 같지 않은 꽃을 골랐다.

"선물이야. 이건 내가 주고 싶어."

그가 불쑥 지갑을 꺼내더니 꽃 값을 치르고 꽃다발을 안겨줬다. 품에 안긴
꽃다발을 보니 입꼬리가 절로 올라갔다.

"어떤 병에 담아둘까요?"

스쿠터를 타고 집으로 돌아오며 그에게 물었다. 어쩐지 어색하게만 느껴지는
질문이었다. 여행을 와서 내 방과 어울릴 꽃을 고른다는 게. 꽃을 병을 고민하고,
살아봐야만 할 수 있는 향긋한 질문을 할 수 있다는 게.

살아가기에 할 수 있는 달콤한 고민.

"어떤 병에 담아 둘까요?"

15. ANDANTE CANTABILE

"요즘 가장 큰 삶의 낙이 뭐야?"
맥락 없는 질문에 어떻게 대답을 할까 고민을 하다가, 그냥 평범한 일상을
읊었지요.

매일 아침 얇은 커튼 사이로 들어오는 햇빛이 눈꺼풀을 간지럽힐 때쯤
일어납니다. 서걱거리는 넓고 하얀 침대에서 일어나 슬리퍼를 신고 화장실로
가요. 세수를 하고, 빗질을 서너 번 한 뒤에 선크림을 바르고 옷장을 열지요.
옷장에 걸린 옷들을 손가락으로 하나하나 훑은 뒤, 그날의 기분과 제일 잘 맞는
옷을 골라 입어요. 조금 나른한 날엔 베이지색 원피스를, 상쾌한 날엔 주로 꽃이
잔뜩 있는 초록색 투피스를 입지요. 꽃을 사러 가는 날은 꼭 얇은 분홍색 셔츠와
흰 바지를 입습니다.
1층으로 내려갑니다. 나가기 전엔 꼭 하는 일이 있어요. 제 이름을 부르는 오피스
직원들에게 인사를 하죠. 이 곳에서 제 이름은 '샤바'입니다. 꽃 이름이래요.
이제는 태국 사람들을 만나면 가장 먼저 '샨쯔 샤바'라 말한답니다. 또, 별명은
쏨쌈이에요. 매일 넘어지고 다쳤더니 따오랑 액이 지어준 별명입니다. 칠칠이
정도의 뜻이겠지요.
검은색 자전거를 탑니다. 목적지는 3분 거리의 채식 레스토랑이에요. 간단히 먹을
아침을 주문하고 책을 꺼냅니다. 30분간 조용히 책을 읽어요. 그리고 다이어리에
오늘 할 일을 적어 내리지요.

사실 특별한 일은 없어요. 그냥 어떤 영화를 볼지 정도가 전부니까요.

식사를 끝내고 다시 자전거를 탑니다. 목적지는 저도 몰라요. 그냥 시원스레 분수를 내뿜는 해자를 따라 자전거를 타다가 구시가지로 들어갑니다. 뱅뱅 돌다 적당한 카페에 들어가요. 가장 좋아하는 카페는 분홍색 꽃나무가 늘어진 Wat chetta 사원 맞은편의 'See you soon'이라는 카페입니다. 테라스 제일 왼쪽 구석자리를 좋아해요. 쿠션에 등을 대고 지나가는 사람들을 구경하다 보면 두세 시간쯤 흐르는 것은 일도 아니지요.

흐르는 시간을 잡지 못하면 저녁이 와요. 당연하게도 저는 시간을 잡을 능력이 없습니다. 그 대신 조금 더 긴 밤을 보내기 위해 집 옆에 있는 작은 술집으로 갑니다. 해먹이 늘어진 곳이에요. 주문은 늘 똑같죠. "Strong Gin tonic, please." 뚝뚝 떨어지는 촛농을 보며 흐르는 노래를 듣습니다. 푹신한 소파에 몸을 뉘이듯 앉아 주변을 봅니다. 모든 조명이 주황빛이에요.

집으로 돌아가는 길은 어둡습니다. 어두운 만큼 밝은 별이 보이지요. 풀벌레 소리를 들으며 밤 하늘을 볼 때면 금성과 오리온자리를 찾습니다. 유일하게 볼 줄 아는 별이거든요. 공항과 가까워 떠나가는 비행기도 손에 닿을 듯 잘 보입니다. 얼마 후면 저도 저들 중 하나에 몸을 싣겠지요.

Food 4 Thought

집 근처에 있는 채식 레스토랑. 디지털 노마드들이
이른 시간부터 앉아서 일하며 아침을 먹는 모습을 볼 수 있다.
건강한 재료와 맛있는 음식, 활기찬 분위기가 매일 아침 발길을 향하게 만들던 곳이다.
15/5 Moo 1, Soi Sudjai, Tanon Khlong Chonlapratarn, Tambon Chang Phuak, Mueang Chiang
Mai District, Chiang Mai 50300

16. CRUSH ON YOU

낡은 철문을 열면 작은 벽돌집과 안에 있는 계산대가 보인다. 계산대를 지나
문을 하나 더 열면 작은 마당이 나온다. 기타 소리와 노래 소리, 사람들의 대화
소리가 마당을 가득 채운다. 가게의 중심에는 커다란 나무 한 그루가 우뚝 서있고,
나뭇가지에는 초록색, 빨간색 레이저 불빛이 가득하다. 머리 위엔 플래그가랜드가
두 줄. 파란색, 분홍색, 노란색, 주황색, 초록색 다시 주황색 노란색.
테이블 위의 양초가 타들어간다. 흘러내린 촛농들이 멋스럽게 굳어있다. 내
앞의 그는 계산대 쪽 작은 벽돌집을 멍하니 응시하고 있다. 그의 얼굴에 촛불이
일렁인다. 예쁜 얼굴에 빛과 그림자가 너울진다. 술을 마신 탓인지 얼굴이 붉어진다.
외투를 걸칠 만큼 선선한 날임에도 어쩐지 손에 땀이 나는 느낌.
빨대 사이로 녹아내린 얼음이 컵으로 떨어지길 기다리는 시간.
투명한 유리잔 안에 담긴 민트 잎과 진토닉. 촛불 하나를 사이에 두고 흐르는 묘한
정적. 투명한 얼음에 비친 촛불. 얼음이 조용히 컵 속으로 떨어진다.
이제는 정적을 끝낼 시간. 그의 눈을 바라보다 입을 뗀다.

"나, 널 좋아하는 것 같아."

7Pounds

새벽에 집 근처에 열린 레스토랑을 찾다 들어간 곳.
후미진 골목에 메뉴판을 내놓은 채 불이 켜져 있길래 노크를 했더니 쇠창살이 나 있는 작은
창문으로 빨간 커튼을 걷으며 우릴 확인하고 들여 보내줬다.

처음엔 마약이라도 하나 싶어 무서웠는데, 알고 보니 장사도 마감한 상태였고, 밤 12시 이후에
주류를 판매하면 안되는 법 때문에 그랬다고. 나중엔 친한 친구가 되어 가장 자주 찾는 술집이 됐다.
ต.ช้างเผือก **치앙마이** 50300

17. FRIENDS

"Happy birthday, Tao!"

따오의 40번째 생일파티에 초대받았다. 장소는 집에서 15분 가량 떨어진 Huay Tueng Thao. 내 손에는 레몬타르트 한 판이 들려 있다. 치앙마이에 와서 처음으로 초대받는 생일파티이니만큼 빈손으로 갈 수 없어, 이곳에서 제일 맛있다는 케이크 가게를 들렀다.

오피스 직원인 따오와 액, 1층 카페의 주인인 오완 그리고 그들의 친구 낫과 낫의 여자친구 킹이 함께했다. 물 위에 떠 있는 오두막에 들어가 상다리가 휘어지도록 주문했다. 평소에는 혼자라서 먹기도 힘들고 뭐가 뭔지 알 수 없어 주문조차 꺼려졌던 태국 음식들.

음식을 나눠 먹으며 이야길 나눴다. 시답잖은 농담이 주를 이뤘지만 울려대는 핸드폰을 확인할 새도 없이 시간이 흘러갔다. 편안하고 정겨운 시간. 아름다운 호수, 속이 뻥 뚫리도록 시원한 경치, 먼 하늘이 예쁜 분홍빛으로 번져가는 곳. 찰랑이는 물결이 갓 구운 페이스트리처럼 한 겹 한 겹 예쁘게 밀려 올라온다. 청량한 바람이 맨살을 스쳐간다. 알코올이 혈관을 빠르게 달리니 양 볼이 붉게 달아오른다. 시끌시끌한 웃음소리가 귓가에 들려온다. 너무나 당연했던 '친구'라는 존재가 먼 타지에선 새삼스레 특별하게 느껴진다. 텅 빈 하루의 여백이 이들로 채워진다.

덕분에, 하루가 예쁜 색으로 물든다.

Huay Teung Thao

너른 호수가 펼쳐진 작은 오두막에서 들이키는 맥주 한 잔이면
신선놀음이 부럽지 않던 곳. '나만의 장소'
107 Don Kaeo, Mae Rim District, Chiang Mai, Thailand

18. LUST FOR LIFE

"샤바, 우리가 새로 만들 뮤직비디오에 네가 모델이 되어줬음 좋겠어."
7Pounds 친구들의 뜬금없는 제안이었다. 뮤직비디오의 모델이라니. 그들의
음악과 예술에 대한 열정, 그리고 그 노력을 내가 아는데. 그 땀방울에 나를
끼었다니.
며칠 뒤, 치앙마이에선 작은 페스티벌이 열린다고 했다. 그 곳에서 나를 담고
싶다고. 제안은 너무나도 고맙지만, 그 예쁜 작품에 누가 되진 않을까 걱정이
앞섰다. 정성껏 만든 음식에 후추 대신 돌가루를 뿌리는 건 아닐까.
"우선, 너무 고마운데. 정말 내가 해도 괜찮겠어? 정성스레 만든 음악일 거 아냐."
젤은 활짝 웃으며 오히려 영광이라 했다. 나도 웃으며 영광이라 답했고, 며칠 뒤
만날 약속을 잡았다.
그들의 차를 타고 간 페스티벌은, 여러 의미로 놀라웠다. 참으로 허름한
월미도쯤이었을까. 그들이 말한 'Merry go round'는 뉴욕 덤보나, 롯데월드에서
봤던 화려한 회전목마와 달리 허름하기 짝이 없었다. 그들이 꺼낸 카메라는
아이폰과 작은 클립 광각렌즈. 아이폰에 신중히 렌즈를 끼워 넣는 그들의 모습에
피식피식 웃음이 새어 나왔다.

"제일 먼저 뭘 하면 될까?"

그들은 회전목마를 타는 장면을 찍고 싶다 했지만 일일 모델인 내가 140cm의 아동이 아니기에, 그 부실한 회전목마에 앉을 수가 없어 티켓 부스에서부터 거절당했다. 잔뜩 시무룩해진 젤, "그러면 돌아가는 회전목마 옆에 서는 건 어떨까?"라고 했더니 부스 직원도 승낙을 했다. 어쩐지 웃긴 일이지만, 그의 열정을 이렇게 바닥으로 내팽개칠 순 없으니 방법을 찾아야 했다.

첫 번째 신을 다 찍고 두 번째는 관람차. 내 인생에서 가장 합리적이고 위험한 관람차였다. 네 바퀴를 도는데, 관람차 직원에게 안에서도, 밖에서도 내 모습을 촬영하고 싶다고 했더니 젤은 두 바퀴만 타고 내려서 찍으라고 했다. 관람차는 당장 부서져도 이상할 것이 없는 녹슨 쇠에 이리저리 페인트 칠을 해서 만들어져 있었고, 유리 창문도 없이 뚫려있어 가장 꼭대기까지 올라가도 언제든 자의적으로 문을 열 수 있었다. 관람차 밖을 내다보는 내 모습을 몇 컷 촬영 한 뒤, 범퍼카 신, 페스티벌을 구경하는 신을 몇 컷 더 찍고, 우리의 귀여운 촬영은 끝이 났다. 그 어떤 곳에서도 본 적 없는 저예산으로 진행한 촬영.

그럼에도 중요한 건 살아 숨쉬는 열정이었다. 주어진 것에 불만을 가지지 않고 앞으로 나아가려는 발걸음. 수 천만 원 대의 장비나 아름다운 풍경의 로케이션이 아닌, 해내겠다는 의지 하나.

부끄러워해야 할 것은 현재 호주머니 속의 상황이 아닌, 툭 치면 바스러질 겨울 낙엽 같은 열정이니까.

19. AT THE MOMENT

검은색 자전거를 타고 집을 나섰다. 이제는 길도 꽤 익숙해졌고, 자주 가는 카페와 식당도 생겼다. 오늘도 역시나 내 발길은 Wat chetta 맞은편의 카페로 향한다. See you soon. 이 곳을 떠나더라도 눈만 감으면 곧 다시 이 곳으로 돌아 올 수 있을 것 같아서 이름부터 마음에 쏙 들었던 곳이었다. 더운 공기가 몸 속을 휘돌았다. 부랴부랴 자전거 자물쇠를 잠그고 카페로 들어갔다. 이제는 익숙해진 직원들의 얼굴. 늘 주문을 부탁하는 그녀가 저쪽에서 다가왔다.

"Hey Sha! One ice Thai tea, Right?"
머리가 띵해질 만큼 시원한 아메리카노나 페퍼민트티를 마시고 싶었지만, '나의 반가운 단골손님'이라는 눈빛으로 방긋 웃으며 말하는 그녀를 보니 차마 아니란 말을 하지 못했다. 그저 "Right, Thank you!"라고 대답하고는 매일 앉는 그 자리에 앉았다.

음료가 나오려면 보통 10~15분 정도가 걸린다. 사람이 미어터질 만큼 바쁜 가게는 아니지만, 그래도 여유를 가지고 주문해야 하는 곳. 여유 있게 기다리며 가방 깊숙한 곳에 담긴 책을 꺼낸다. 접혔던 페이지를 펼쳐 '어느 줄까지 읽었더라'하며 손가락으로 훑어 내린다. 한 장 한 장 책장을 넘기다 보면 음료가 나온다. 가운데가 뻥 뚫린 얼음이 가득한 잔. 한 모금 들이킨 뒤 바깥 풍경을 바라본다. 갓 태어난 아이의 볼기마냥 뽀얀 분홍빛의 꽃과 잘 어울리는 Wat chetta를 바라보고, 흰 구름이 가득 널린 파란 하늘을 바라본다. 눈을 감고 이 곳에 온지 며칠쯤 지났는지, 며칠이나 남았는지 세어본다. 열흘도 채 남지 않았다는 사실은 입술을 잘근잘근 깨물게 만든다. 이 곳의 삶은 안단테 칸타빌레. 천천히 노래 부르듯이 살아가는 곳.
작디작은 솜털 바람 하나에도 아쉬움을 느끼며 다이어리를 꺼내 적는다.
'현재의 감정에만 집중할 것.'

See You Soon

Wat chetta 사원의 맞은편 카페. 구석에 있는 작은 테이블 좌석에 앉아서
주변을 둘러 볼 수 있다는 건 치앙마이에 머무는 사람들의 특권이란 생각이 든다.

97 Prapokklao Prasingha Tambon Phra Sing, Amphoe Mueang Chiang Mai,
Chang Wat Chiang Mai 50200

20. MY OWN

"액이 말해줬는데 여기 입장료가 태국인은 20바트 외국인은 40바트래. 그런데 왜 내가 지나가면 늘 똑같이 20바트만 받을까? 내가 태국 사람이야?"
스쿠터를 타고 Huay Tueng Thao의 매표소를 지날 때마다, 늘 똑같은 말을 하며 입을 삐죽거렸다. Tao의 생일파티 날 처음 와봤던 이곳. 특유의 평화로운 분위기와 조용한 여유가 마음에 들어 때로는 혼자, 때로는 좋아하는 친구들과 함께 방문했다.
넓은 호수를 빙 두른 작은 방갈로에 들어가려면 대나무가 얼기설기 엮인 좁다란 다리를 건너야 한다. 술에 취한 날엔 떨어질까 염려되긴 하지만 그런다 한들 웃음으로 넘길 수 있는 곳. 대나무 다리를 건너 방갈로로 들어간다. 혹여 뛰기라도 하면 무너질까 겁나는 방갈로 안에는 때 탄 카펫과 허름한 대나무 테이블이 우리를 기다리고 있다. 뻥 뚫린 시야에는 너른 호숫가가 펼쳐져 있다. 선풍기 한 대 없이 바람 만으로도 땀은 식고, 여기에 값싼 음식은 덤이다.
"내가 제일 좋아하는 나만의 장소야."
'나만의'라는 수식어가 붙을 때면, 무언가 표현하기 어려운 따스함에 가슴이 벅차오르곤 한다.
나만의 장소, 나만의 행복, 나만의 꿈, 나만의 사람, 나만의...
과욕만큼 부질없는 것도 없겠지만, 일상을 따뜻하게 만들어주는 작은 욕심 하나쯤은 벅찬 삶에 활기를 불어넣어주는 귀여운 투정이 아닐까?

21. MIDSUMMER NIGHT'S DREAM

"매일이 금요일인 것처럼 기다려줘. 내일이 주말인 것처럼 즐겁게 말이야. 시간이 흐른 뒤에 다시 만나자. 꼭 다시 올게."

배낭을 멘 이가 떠났다. 짧은 포옹을 마지막으로 그는 발걸음을 떼었다. 출국장으로 나가는 그의 뒷모습에 눈물이 터져나올 것 같았지만, 참아야 했다. 혹시라도 그가 뒤돌아 봤을 때 눈물을 보이면 안 되니까. 환하게 웃는 모습을 보여줘야 그도 마음이 편할 테니까. 빨개진 눈을 비비며 집으로 돌아왔다. 함께 별을 보던 옥상 위로 그를 태운 비행기가 날아갔다. 아마도 난 이곳에 머무르는 내내, 아니 어쩌면 훨씬 더 오랜 시간을 비행기 소리가 들릴 때마다 그를 떠올리겠지. 유난히 함께한 추억이 많은 사람이었다. 개구리와 풀벌레 소리로 가득했던 빠이의 밤. 우리는 통성명도 하지 않은 채 아침까지 이야기를 이어나갔다. 어슴푸레한 새벽이 깔릴 무렵 난 그에게 치부를 털어놓았고, 그는 아무 말도 않았다. 조용한 위로를 아는 사람이었다.

뜨거웠던 1월, 길고 저릿한 한여름 밤의 꿈은 곧 현실로 돌아가야 한다. 그러나 현실로 돌아가더라도 중요한 사실은 변치 않는다. 우리가 함께였다는 그 사실. 한곳에서 만나 함께 시간을 공유하고, 같은 나날을 보냈다는 것. 우리는 각자의 삶이 있기에 왔던 곳으로 되돌아간다. 이별은 어떤 방식으로든 찾아오기에 언젠가 다시 함께할 날을 기대하며 떠나 보낸다. 남은 자의 몫은 그저, 나의 시간을 조금 더 행복하고 충만하게 채우는 것. 머무르는 자리에서 최선을 다하며 다시 만날 그날, 나 자신에게도 그에게도 부끄럽지 않게 조금 더 나은 사람이 되어 있는 것.

22. PENALTY

한 도시에서 살아가는 뭇 여행자들이 그렇듯, 나도 슬슬 게을러졌다.
무언가에 익숙해진다는 것은 그만큼의 안정감을 의미하지만, 동시에 게으름이
따라오는 것. 이틀 남은 치앙마이 생활의 아름다운 마무리를 위해 아끼는
베이지색 원피스를 꺼내 입고, 머리도 말고, 뿌리지 않던 향수까지 꺼내 들었다.
자전거를 타고 올드시티로 가는 길, 상쾌한 향이 코 끝을 간질인다. 오전의 늦잠은
깜빡 잊은 채 그저 행복한 오후.
평소라면 해자 북쪽을 반 정도 달리다 안으로 들어갔겠지만, 오늘은 '게으름
이겨내기'란 목표를 세웠으니 조금 더 달려본다. 치앙마이에 한 달을 살면서
치앙마이캐니언이나 핫스프링 한 번 다녀오지 않았으니, 게으름뱅이에게 나름의
벌을 줘야하는 날. 꽤 큰 정사각형 모양의 해자와 성벽을 따라 계속 페달을
밟는다.
북쪽을 지나 동쪽으로, 다시 남쪽으로 내려가 서쪽으로 돌아갈 때 작은 공원이
눈에 들어왔다. 이곳에 머문 한 달간 한 번도 보지 못했던 곳. 근처에 자전거를
세워두고 공원으로 들어갔다.
아주 작은 줄 알았던 공원은 생각보다 컸고 물고기 떼가 이리저리 헤엄치는
작은 연못도 있었다. 분수는 시원한 물줄기를 내뿜었고, 잔디밭 위의 사람들은
저마다의 여유를 즐기고 있었다. 여기저기 누워서 낮잠을 자는 사람, 책을
읽거나 그림을 그리는 사람. 한쪽에서는 요가나 명상을 하는 사람들이, 또 다른
한쪽에서는 운동을 하는 사람들이 있었다. 아이들은 엄마 손을 잡고 산책을 하고,
강아지와 고양이가 뛰놀았다.

늘 평화롭고 여유로운 치앙마이라 생각했는데, 진정한 평화와 여유는 이 곳에 있었다. 치앙마이가 아메리카노라면 부악핫 공원(Buak hard park)은 그중에서도 에스프레소.

'평화와 여유를 잔뜩 갈아 작은 캡슐에 담았다면 이런 느낌이겠구나.

사후 세계에 대해 믿지 않지만, 천국이 있다면 이런 느낌이겠지.'

안타깝게도, 스스로에게 준 나름의 벌은 진짜 벌이 되었다. 한 달이라는 시간이 있었음에도 불구하고 이렇게나 마음에 쏙 드는 곳과 만나자마자 헤어져야 하는 벌. 잘 지냈다고, 마무리만 잘 하면 된다고 생각했으나 여지없이 후회를 남기는 후회의 아이콘 스물다섯.

후회에도 불구하고 다음에도 똑같은 게으름을 피울 것임을 믿어 의심치 않는 귀여운 멍청함.

Nong Buak Hard Public Park

치앙마이의 모든 여유가 녹아있는 곳. 평화롭지만 나름의 활기를 띄는 곳이다.
삶이 숨가쁘다 싶으면 가장 먼저 떠오르는 곳.
Phra Sing, Mueang Chiang Mai District, 치앙마이 50200

23. ALWAYS WITH ME

평소보다 느지막한 시간에 일어났다. 눈을 떠보니 열한 시쯤. 열어놓은 창문을
통해 바람이 살랑였고, 뽀얀 커튼이 이리저리 흔들렸다. 냉장고를 열어 물을
찾았다. 그 많던 물병들은 다 어디로 갔는지, 딱 한 병이 남아 있었다.

어젯밤 마시다 남은 술 병을 대충 치운 뒤 방을 돌아봤다. 하얀 시트가 잘
어울리던 방. 하루 종일 흰 커튼 사이로 햇빛이 들어오던 단촐한 방이었다.

방 정리를 해야지. 협탁에 놓여있던 엽서 몇 장, 동전 몇 닢, 늘어진 책들을 치운 뒤
부엌으로 향했다.

거창한 요리를 한 번도 해먹지 않은 탓에 개수대엔 늘 그릇 대신 흰 꽃으로 가득
차있었다. 혼자, 혹은 누군가와 술잔을 기울인 날마다 그 곳에서 가장 예쁜 꽃 몇
송이를 골라 빈 병에 꽂아 협탁 위에 올려뒀다.

개수대 위의 꽃들을 들어올려 3등분으로 접어, 장을 볼 때마다 받은 주황색
봉지에 담았다. 개수대를 닦은 뒤 몸을 닦아내고, 젖은 머리를 틀어 올리고, LANA
DELREY의 YAYO를 들으며 냉장고에 있는 요거트를 꺼내 남아있던 뮤즐리를
모조리 털어 넣었다.

1층으로 내려가니 오피스엔 따오 뿐이었다. "따오! 나 내일 떠나."

따오의 작은 눈이 커지더니 "내일? 정말 내일?"이라 되물었다. "응, 내일" 나는
웃으며 답했다. "몇 시?" "아직, 오늘 버스 티켓 예매하려고." 따오는 짐짓 아쉬운
표정을 지으며 저녁을 함께 먹자 했고, 나는 그러겠다 답했다.

검은색 자전거에 마지막으로 올라탔다. 해자를 따라 달리다, 구시가지 안으로
들어가 가까운 기념품 가게에서 따오와 액, 맘과 세븐파운즈 친구들에게 줄 엽서
몇 장을 고른 뒤, 즐겨 찾던 햄버거 가게로 가 펜을 집어 들었다.

조금 크지 않나 걱정했던 엽서는 빈 공간이 없을 정도로 **빽빽**하게 한 자 한
자 채워져 갔다. 우리가 처음 만났던 순간들부터 함께했던 시간들, 날 잊지
말아달라는 작은 욕심과 꼭 다시 돌아 올 테니 언젠가 다시 만나자는 큰 바램.
그리고 편지의 공통된 마지막 줄.

"Thank you so much. You've made my days."

덕분에 행복했다고, 덕분에 행복이 무엇인지 알 것 같다고. 덕분에, 치앙마이가 내
인생 가장 따뜻했던 추억으로 남을 것 같다고.

지금까지의 나는 '행복'이라는 단어에 너무 많은 의미를 부여해왔다. 대단히 큰
존재라는 생각에 감히 나 같은 사람에게 찾아 올만한 게 아니라 생각해왔다.
떠올려 보면, 사소한 일들 하나 하나가 다 행복이었는데. 여기서 느꼈던 모든
행복들도 모두 사소한 것에서 왔는데. 서걱이는 이불보가 깔린 침대에 누워 한두
시간 쯤 달콤한 낮잠을 잔다 던가, 해자를 따라 저녁 산책을 한다던가, 친구들과
함께 술을 마시고 좋아하는 노래를 듣는 것. 내가 정말 좋아하고, 사랑하는 것들과
함께라면 그게 그냥 행복이었는데.

돌아간다면 하루 종일 침대에 누워 영화를 봐야지. 게으른 하루를 보내고 해가
뉘엿뉘엿 저물어 갈 때면 산책을 해야지. 너무 많은 사람을 만나지 않는 대신,
진정 사랑하는 사람들로 가득 채워야지. 그리고 그 안에서의 행복을 마음껏 만끽
해야지.

행복은, 대단히 특별한 것이 아니라 늘 곁에 있는 것일 테니까.

David's Kitchen

오너 셰프가 테이블을 돌며 일일이 인사를 해주는 따듯한 프렌치 레스토랑.
예약 시 프로포즈, 데이트, 기념일이라 말해두면 예쁜 꽃을 선물로 주는 곳.
음식도 가게도 무엇 하나 흠잡을 게 없는 곳.
113 Bumrungrad Road, Wat Kate,, Mueang Chiang Mai District, 50000

Edible Jazz

빠이에 여행을 온 여행자라면 누구나 가수가 될 수 있는 곳.
여행자들이 신청곡을 적어 내고 자기 순서가 되면 무대로 나가 노래를 부른다.
2015년 이후로 매년 세우는 계획은 기타를 배워서 Edible jazz로 가기.
죽기 전에 꼭 한번은 이 곳에서 노래를 불러야지.
Chaisongkram Rd. Pai District, Mae Hong Son 58130

발리

돌아갈 곳을 알려주다

01. LOVE

사랑, 사랑이라는 단어만큼 내게 어울리지 않는 단어는 없다고 생각했다.
스물다섯이라는 나이가 무색할 만큼, 나는 누군가에게 나의 마음을 전달하는
것도, 타인의 마음을 기꺼이 받아들이는 것도, 기름진 음식을 잔뜩 먹은 속처럼
거북스럽고 무겁기만 했다.
새까만 그림자의 앞엔 밝은 빛이, 칠흙같은 밤하늘 속엔 빛나는 별들이 숨어
있듯 내 주변에도 늘 사람이, 사랑이 있었지만, 얄따란 유릿장 같은 내 마음에
혹여나 금이라도 갈까, 이내 깨져버릴까 두려워 더 사랑하고 더 상처받을 바엔 덜
사랑하고 덜 상처받는 쪽을 택해왔다.
'도대체 그 지독한 감정이 뭐길래 세상의 모든 예술은 사랑을 통해 창조
되었을까.'
궁금했다. 클림트는 에밀리에게, 백석은 란에게, 까미유는 로댕에게 어떤 감정을
느꼈기에 누군가는 구름 위를 유영하고, 누군가는 깊은 뻘 속으로 쳐박혔는지.
도대체 사랑이라는 감정은 무엇이기에 이리도 지독한 한 여름날의 열병 같은지.
사랑의 섬으로 떠나기로 했다. 누군가의 진득한 안정제, 누군가에게는 손 안의
권총과도 같은 휴머니즘의 모든 근원인 바로 그 사랑을 찾기 위해.

02. UBUD

인도네시아는 다섯 번째였지만 발리는 처음이었다. '각광받는 신혼 여행지'라는
타이틀 때문이었을까? 사랑의 '사'자를 읊기도 전에 온 몸에 닭살이 돋던 내게
허니문 여행지는 그저 머나먼 이야기였다.

그럼에도 발리로 왔다. '그 곳에는 사랑이 가득하겠지'라는 근거 없는 믿음을 따라
드디어 도착했다. 일본에서부터 고장이 난 덜컹거리는 캐리어를 질질 끌고 공항
밖으로 나왔다. 치앙마이보다 훨씬 습하고 더운 공기. 큰 왕궁을 옮겨놓은 것 같은
이국적인 공항.

'너라면 우붓(Ubud)을 좋아할거야'라는 말에 첫 번째 목적지를 우붓으로 정했다.
아무런 정보도 없이 그냥 왔더니, 그곳에 가려면 택시비만 4만 원을 지불하고
3시간을 달려가야 한단다. 30분이 넘게 입씨름 끝에 택시비 흥정에 성공했다.
짐을 가득 싣고 우붓으로 달리는 길, 창문을 내려도 후덥지근한 바람에 숨이 턱턱
막혔다. 차 안이 도통 시원해 질 생각을 하지 않는다.

휴대전화에 가득 담아둔 노래도 바닥나고 바깥 풍경도 지루해질 즈음 새로운
풍경이 나타났다. 한 줄로 정돈된 붉은 벽돌 집들과 길에 널린 나무들. 헐렁한
복장의 여행자들은 카페에 줄지어 앉아 있었고, 예술가의 마을답게 갤러리들이
늘어서 있었다.

1940년대까지 왕조가 살았던 작은 왕국, 우붓.

"Here."

예약한 숙소에 도착했다는 드라이버의 말에 차 문을 열고 첫 발을 내딛었다. 그
묘한 매력이 마음에 스며들길 바라며, 나의 세 번째 계획된 일탈,

발리 한달살이 시작.

03. FINDING MY HOME

"우붓에서 집을 구하려면 어떻게 해야해요?"

"다른 방법 없어. 그냥 발품 파는 수 밖에. 곳곳에 숨어 있으니까 잘 알아봐. 가격
비교도 잘 해보고. 저렴한 곳을 찾고 싶으면 중심에서 조금 떨어진 곳으로 가.
더워 죽을지도 모르니까 에어컨 꼭 확인해라."

'감사합니다. 정말 눈물 나게 도움 되었네요.'

메신저 창을 끄고 툴툴대며 노트북을 닫아버렸다. 준비를 제대로 하지 않은 것도
나, 짜증 내고 후회를 하는 것도 나였다.

우붓에 도착한 지 사흘이 흘렀다. 슬슬 집을 구해야 할 시간이 왔다. 지도가 담긴
태블릿과 1리터짜리 물병을 가방에 넣고, 제일 편한 옷을 입고, 작은 나무조각이
달린 방 키로 문을 잠그고 밖으로 나왔다. 오사카나 치앙마이보다 집을 구하기
힘들 거라고 예상은 했지만, 왠지 느낌이 좋지 않았다.

잘란 라야 안동(Jalan Raya Andong) 쪽으로 가보라는 조언에 지도를 보며 길을
걸었다. 스쿠터를 타고 구하는 게 편할 거라는 아주 당연한 조언을 들었지만,
이미 치앙마이에서 스쿠터 사고를 내고 온 탓에, 힘들더라도 튼튼한 두 다리로
걸어보기로 했다.

첫 번째 집을 방문했다. 'Room for rent, include wifi, breakfast, air conditioner'
방 안에는 하얀 시트를 덮은 넓은 침대가 있었고 마당도 깔끔했다. 아침식사로
과일이 달걀 요리, 토스트가 나오며, 세면대와 샤워기에서 물이 콸콸 잘 나오고,
향수병을 일으키는데 충분한 우리나라 텔레비전도 있는 집이었다.

"한 달 동안 살고 싶은데, 얼마예요?"

"700만 루피아."

월세만 60만 원 가량. 입이 쩍 벌어졌다. 최대한 태연한 표정으로 "그래요? 괜찮네요. 명함 줄래요?"라고 대답하고는 서둘러 빠져 나왔다. 저녁이 올 때까지 열 군데도 넘는 방을 봤지만 내가 갈 곳은 없었다. 마음에 드는 방은 이미 다른 사람이 선점을 했거나, 턱없이 비싸거나, 상태가 좋지 않았다. 지친 몸을 끌고 숙소로 겨우겨우 돌아와 차가운 물로 더위를 식혔다. 덜덜거리는 팬 아래에 놓인 침대에 몸을 파묻고, 핸드폰을 들어 우붓을 추천해준 언니와의 대화창을 켰다.

'언니! 우붓 참 좋은 것 같아요! 조용하고, 요가원이랑 명상원도 많고, 물가도 치앙마이에 비하면 비싸긴 한데, 엄청 비싼 것 같진 않아요. 마을 전체가 하나의 유적지 같아요. 벽돌 집들도 너무 예쁘고! 한달 살기에 딱이에요 정말!'

도착 첫 날의 메시지였다. 한 숨을 쉬며 늘어진 손가락에 남은 힘을 모아 한 통의 메시지를 더 보냈다.

'언니. 저 내일 여기서 떠나려고요. 여기 너무 비싸고, 밤이면 너무 조용해서 볼게 없어요.'

04. FIRST EXPERIENCE

구름이 하늘을 가득 메우는 건 순식간의 일이었다. 말로만 듣던 동남아의 스콜.
하늘은 우산 하나 챙기지 못한 내 사정까지 봐줄 여유가 없었는지 미처 지붕
아래로 몸을 숨기기도 전에 퍼붓기 시작했다. 푸르렀던 하늘은 어느새 잿빛으로
변해 있었다. 주황빛 벽돌집이 비에 젖어 붉게 변해갔고, 높이 솟은 나무들도
폭우에 이리 저리 휘청거렸다. 거리의 사람들도 분주해졌다. 장사꾼은 물건을
옮기고, 관광객들은 비를 피해 건물 안으로 지붕 아래로 달려갔다. 비를 피할까
생각하다 이미 흠뻑 젖은 몸이니 다 내려놓고 빗속을 걷기 시작했다.
빗물이 이마를 타고 내려와 속눈썹을 적시고, 볼록한 볼을 지나 턱끝으로
떨어진다. 빗물이 들어와 눈을 찌푸려도 보고 어차피 다시 젖을 머리를 꾹
짜보기도 하고, 우산을 쓰고 지나가는 이에게 눈인사도 슬쩍 건네다 보니 괜한
흥에 취해 몸이 이래저래 바빠진다. 도시 가득 빗소리가 퍼진다. 빗소리를 뚫고
좁은 도로 가득한 자동차와 스쿠터의 클랙슨 소리가 울린다. 사람들이 웅성이는
소리들을 지나다 보니 언제 그랬냐는 듯 비가 그쳤다. 구름이 지나간 자리엔
푸른 하늘이 펼쳐진다. 곧이어 내리쬐는 태양이 고개를 치켜든다. 숙소로 돌아와
수건으로 물기를 털어냈다. 드라이버가 곧 도착한다는 연락이 왔다. 오늘은
쿠타(Kuta)로 가는 날. 짐을 싣고 차에 올라타니 드라이버가 웃으며 묻는다.
"비 맞았어?"
"응, 태어나서 이렇게 많이 맞아본 건 처음이야."

05. CLUMSY

남자친구. 생각만 해도 낯간지러운 단어. 입안에서 빙빙 맴돌며 차마 입 밖으로
내뱉지 못하는 그 말. 그가 이곳으로 왔다. 보랏빛 빠이의 밤에 처음 만났던 그.
사랑이라는 감정에 지독히도 냉소적이던 내게 그는 정성스레 작은 씨앗 하나를
심었다. 심장에서 움튼 씨앗은 봄바람에 싹을 틔우고, 뼈를 타고 줄기를 뻗었다.
예쁜 꽃을 피우니 벌과 나비, 새가 찾아 들었다.

서투른 계절이었지만, 더없이 사랑스러운 계절이었다. 작은 새가 부르는 노래처럼
가장 아름다운 단어들을 골라 그에게 전했고, 손끝에서 자라난 줄기는 늘
아름다운 것들을 가리켰다. 푸른 하늘과 너른 바다, 파도 소리 같은 것들.
봄바람에 간질간질한 심장은 늘 그를 향해 요동쳤고, 깊숙이 박혀 있던 가시를
뽑아낸 자리엔 예쁜 씨앗들이 하나하나 채워졌다.

나의 사랑, 나의 봄.

"길리 에어(Gili air)섬으로 갈 거예요. 두 명 왕복 오픈티켓으로 사고 싶은데,
얼마까지 돼요?"

그의 손을 잡고 길리로 떠난다. 발리에서 3시간 떨어져 있는 작은 섬.

2년 전 그날, 도피처럼 떠나왔던 그 섬으로.

06. ANYWHERE WE GO

함께라면 1년 365일이 나른한 주말 오후야.
함께라면, 그 곳이 어디든 여행이야.

07. RETROSPECTION

"사실, 나 여기 2년 전에 왔었어."

커다란 배를 뒤집을 것처럼 거친 파도와 머리를 잔뜩 헝크는 강한 바람. 몇 년이 지나 촌스럽긴 하다만 아직 어깨를 들썩일 만큼은 흥겨운 음악이 시끄럽게 틀어진 2층 데크에서 고백하듯이 그에게 말했다.

2년 전 그날, 우울함이 온 몸을 채웠던 그 시절. 도망치듯 떠나온 길리였다. 아니 정확히는 그 옆의 섬 롬복(Lombok)이었지만.

좋아하는 일을 한다고 늘 행복한 것만은 아니었다. 오히려 더 어둡고 외롭고 치열한 순간이 덮쳐왔다. 행복해야 했다. 행복해 보여야만 했다. 간간히 들어오던 일들은 입에 풀 칠을 하기에는 충분했다. 단 하루면 매일 5시간씩, 주 5일을, 한 달간 일해야 벌 수 있는 돈이 들어왔다. '예쁘다'라는 소리도 꽤나 들었고, '멋진 스물셋'이라는 이야기에 쑥스러운 척 웃음을 보이는 날도 꽤나 많았다. 백조의 삶이었다. 고고하게 떠있는 수면 위의 모습과는 다르게, 물 아래에서는 죽을 만큼 발버둥 쳤다. '멋진 스물셋'이라는 타이틀을 위해 없어도 있는 척, 그럴듯해 보이는 삶을 살았다. 살아가는 내 모습을 보이는 것이 아니라, 보여지기 위해 사는 삶. 쇼윈도 안에 놓여진 한 마에 3,500원도 되지 않는 싸구려 원단으로 만들어진 화려한 의상이 되었다. 삶을 이어갈 의지가 없었다. 침대 위에 쓰러지듯 누워 일어나지 않는 시간이 늘어갔다. 한 날, 한남대교를 찾았고, 차마 죽지는 못해 그 긴 다리를 천 년의 시간처럼 건너갔다.

산을 오르기로 했다. 산에 올라 나 자신의 한계와 마주하기로 결심했다. 끊임없이 스스로와 대화를 해나가며 오르다 보면, 정상에 설 수 있을 거라고, 그렇게 다시 나를 잡을 수 있을 거라고 생각했다. 수중에 남은 돈으로 갈 수 있는 가장 힘든 산을 찾았고, 망설임 없이 티켓을 끊고 떠났다. 그렇게 떠나온 롬복이었다. 2박 3일간 타야 하는, 해발 3,700미터가 넘는 산.

산을 탈 줄도 몰라서 러닝화 하나, 마 바지와 면 티셔츠 한 장, 플리스 두 개와 면으로 된 가방 하나를 챙겨 린자니 산(Mount Rinjani)으로 갔다. 산장에서 "정말 이렇게 왔어? 너 미쳤어?"라는 소리를 들으며 랜턴과 두꺼운 외투 하나, 허름한 장갑 하나를 빌리긴 했으나, 결국 거친 산을 이기지 못한 바지와 운동화 밑창은 찢어지고, 발톱은 빠져버렸고, 잘 다듬어져 있던 손은 엉망이 되어버렸다.

죽도록 힘들었지만, 포기하지 않았다. 포기하고 싶지도, 더 이상 물러나고 싶지도 않았다. 그만두고 싶을 때마다 가이드의 "Almost there"이라는 말에 힘을 냈다. 한 걸음 오르면 반 걸음은 미끄러져 내려오는 탓에 서른 걸음 오르고 주저앉아 쉬고를 반복하며, 계속 올랐다. 약에 취한 사람처럼 "Almost there"을 끊임없이 중얼거렸다.

정상으로 오르는 마지막 구간은 말로 다 할 수 없이 힘들었다. 마지막 오르막길을 앞두고 동이 터왔다. 일출을 보고 싶었는데, 이대로 가면 해가 뜨고 난 뒤에나 정상에 오르겠다는 생각도 들었다. '진짜 죽을 것 같다' '그냥 포기하고 싶다'라는 생각이 들었을 때, 정상 바로 아래에 있는 바위에 겨우 다다랐다.

후들거리는 다리로 정상에 올랐다. 다행히 아직 해가 뜨지 않았다. 5분쯤 흐르고 마침내 일출이 시작됐다.

내가 해냈구나, 진짜 정상에 올랐구나. 쓰러지듯 주저앉아 엉엉 울면서, 떠오르는 해를 바라봤다. 해는 변함없이, 그날도 떠올랐다.

다친 발 때문에 양말만 신고 절뚝거리며 산에서 내려왔고, 이튿날 아침 작은 배를 빌려 길리로 떠났다. 작은 천국으로.

그에게 끔찍했던 시절의 이야기를 들려주며, 머쓱하게 웃었다.

"나 정말 및 좋은 개살구지?"

말 없이 안겨 가까워져 오는 섬을 바라봤다. Gili air, 오랜만이야.

Rinjani Moutain

화산재 때문에 정상으로 향하는 길이 매우 힘들었던 곳. 마치 공사장 모래판을 올라가는 것처럼
한 발짝 올라가면 반 발짝은 미끄러져 내려와서 죽을 힘을 다해 올라가야 하지만 정상에 올라
떠오르는 해를 바라보면 그간의 고생이 잊혀지는 곳. 살면서 한 번쯤은 꼭 가볼만한 곳.

Almost there.

거의 다 왔어.

08. A GEMSTONE

있는 그대로의 모습을 받아 들이는 것.
이토록 진부한 말이 있을까 싶으면서도, 이처럼 간결한 진리가 있을까 싶어진다.

타인의 아픔을 안아주는 것.
밝은 모습 뒤에 숨어있는 어두운 모습을 따뜻하게 보듬어주는 것.
서로의 부족함을 인정하며 함께 채워 나가는 것.
발을 맞춰 함께걸어가는 것.
날것의 상대를 감싸 안고, 세공 되지 않은 원석을 알아보는 것.

09. DANCING IN THE SKY

꾸미지 않은 날 것의 모습을 내보일 것.

늘 새로울 수 없다는 사실을 덤덤히 받아들이며 스쳐 지나가는 표정도 읽어내는

재빠른 눈치와 서로만 알고 있는 작은 모습들에 감사할 것.

춤을 추듯 서로의 박자에 맞춰 갈 것.

지나간 상처 때문에 뜨거운 마음을 숨기지 말 것.

10. RUN THIS WAY TOGETHER

나의 마음을 다 알아버리면 어떡할까. 내가 이렇게 큰 마음을 품고 있다는 것을.
아침에 눈을 뜰 때부터 늦은 밤 잠에 드는 순간까지. 황홀한 풍경을 볼 때, 맛있는
음식을 먹을 때, 혹은 다 전하기도 부끄러울 만큼 행복한 상상을 할 때 머릿속이
온통 한 사람으로 가득 찬다는 것을. 노래 가사나 책 속의 자잘한 글귀가 다 내
이야기처럼 느껴진다는 것을. 질려버리진 않을까. 서서히 변해갈 우리의 모습을
받아들일 수 있을까. 그럴 바엔 본심은 저 깊숙한 어딘가에 넣어 두는 게 나를
지키는 방법이 아닐까.

가슴 떨리던 어린 날의 첫사랑도, 스쳐 지나간 몇 번의 사랑도, 진정 '사랑'이라는
단어 앞에선 두렵지 않은 적이 없었다. 상대의 마음이 부족해서, 혹은 우리의
관계가 불안해서와 같은 이유가 아닌 그저 내 마음이 너무 커져만 가서. 나 조차도
그 크기를 헤아릴 수 없어서.

스물다섯. 불꽃같은 사랑을 하기엔 세상을 너무 많이 알아버렸고, 있어도 그만
없어도 그만인 미적지근한 사랑을 사명감 하나로 이어 나가기엔 아직 어린 나이.
하지만 두려움이라는 그늘에 숨기보다는 최선을 다해 달려 갈 것. 전력질주로
달려가다 헛디뎌 넘어진다 한들 평생 아물지 않는 상처는 없으니까.

왜 그때 최선을 다해 달리지 못했을까라는 후회를 남기는 것 보다,
영광의 상처 하나쯤 몸에 품고 살아가는 편이 훨씬 인간적이고 아름다운 삶일
테니까.

11. JUST CHILL OUT

'카페에 누워있어.'

'뭐해?'라는 친구의 말에 답장을 보내는데 어쩐지 웃음이 났다. 다른 곳도 아닌 카페라는 장소와 누워있다는 말이 이토록 어울리는 곳이 있다니. 그 곳이 내가 머무는 곳이라니. 어쩐지 별 것 없는 일상이 특별하게만 느껴지는 하루다.

15 km²의 작은 섬. Café 혹은 Bar라는 이름을 붙인 가게들이 바다를 따라 늘어져있다. 짚을 얼기설기 엮어 만든 방갈로와 해변 위의 선베드들. 누구 하나 더 눈에 띄는 곳 없이 모든 가게들이 비슷하게 아름답다. 한 명이라도 손님을 더 받으려는 욕심이 보이지 않는 곳. 생계가 아닌 즐거움을 위해 만들어진 것만 같은 곳. 어느 곳을 선택하든 유쾌한 인사를 받는다. 차가운 맥주 한 병과 함께 자리를 잡으면 네다섯 시간쯤 흘려 보내는 것은 일도 아니다. 3,500원이라는 파격적인 가격에 다섯 시간을 산다. 내 자리는 늘 방갈로. 뜨거운 햇빛을 피해 누워서 영화를 보거나 책을 읽는다. 가끔씩 찾아오는 고양이들은 덤. 종이 책의 활자에 정신을 쏟다 고개를 들면 투명한 바다가 늘어져있다. 시선의 끝은 늘 막힘이 없다. 파란 하늘과 맞닿은 탁 트인 푸른 바다. 하늘을 떼다 만든 것만 같은 하얀색과 하늘색의 파라솔. 무의식 중에 흐른 시간이 태양을 서쪽으로 끌어다 놓았을 때쯤, 하늘은 작품이 된다. 마치 모네의 작품같이 오묘한 조화. 황홀한 풍경. 진정 아름답고 위대한 것은 자연이라 느끼는 순간.

유독 시침과 분침이 느리게 움직이는 이 곳은, Gili air.

Hikmah Café & Freedom Bar

방갈로에 누워있어. 하늘빛과 물빛이 같아.

하얀 백사장과 꼭 맞는 하얀 파라솔도 있고 말이야.

Gili Air, Indonésie, Gili Indah, Pemenang, Kabupaten Lombok Utara,

Nusa Tenggara Bar. 83352

Zipp Bar

방갈로에 누워 늘어진 해변을 바라보고, 시원한 칵테일과 파스타,
스테이크를 먹다 보면 신선놀음이 따로 필요 없다고 느껴진다.
Gili Air - Penyebrangan, Gili Indah, Pemenang, Kabupaten Lombok Utara,
Nusa Tenggara Bar. 83352

12. SOMEDAY

길리 에어에 자리를 잡은 지도 벌써 5일이 흘렀다. 하루의 일과는 눈이 떠지는
시간에 아침을 맞이하고, 테라스의 작은 테이블에 앉아 과일 몇 가지와 오믈렛,
과일 주스로 아침을 챙겨 먹는다. 해가 중천에 뜨기 전에 마음에 드는 방갈로로
가 맥주를 마시며 영화를 보고, 점심이 되면 서서히 질려가는 나시고랭으로 배를
채우고 선선한 저녁이 오길 기다린다. 어둠이 깔리면 발을 잔뜩 간지럽히는
모래와 바닷물 사이 그 어디쯤을 걷다가, 축축해진 발을 쭉 뻗고 모래사장에
앉아 하늘을 바라본다. '하늘'이라 표현하기엔 부족한, 한 폭의 그림같이 별빛이
쏟아진다. 매일같이 사랑스러운 일상이지만, 오늘은 조금 특별한 하루를 보내기로
했다. 세상을 크게 나눈다면 하늘과 땅, 바다. 그 중 바닷속을 구경하기.
이른 아침 배에 올랐고, 탁 트인 바다와 저 너머의 풍경을 실컷 봤을 때 쯤 그들이
눈에 들어왔다. 약간 마른 여자와, 인상이 좋은 남자.
뱃머리에 나란히 앉아 입을 맞추던 모습이 예뻐서, 서로를 바라보는 따스한
눈빛이 예뻐서, 나도 모르게 카메라를 들었다. 서툰 손으로 셔터를 한두 번 쯤
누른 뒤, 말 없이 그들을 바라봤다.
언젠가 나도 저 부부처럼 늙어가겠지. 팽팽했던 피부도 굵은 세월의 주름이
지겠지. 더 나이가 들었을 땐 풍성한 머리 숱은 한 줌으로 줄어들고,
하얗게 센 머리를 빗어 넘기며 "그 땐 그랬지"라고 오늘을 추억할거야.
끝이 보이지 않는 바다를 보며 작은 소원을 빌었다. 그 날이 온다면,
깊어가는 주름만큼 서로의 마음 또한 깊어지길.
아름다운 세월에 빠져 허우적대다 다가올 이별을 기꺼이 맞이하길.
사랑이라는 이름 아래 서로가 서로에게 영원한 안식이 되어주길.

13. JUST TWO OF US

"나 힘들어."

고작 이 네 글자가 목구멍을 지나 입 밖으로 튀어나오는데 왜 그렇게 오랜 시간이 걸렸는지, 그 한마디를 꺼내기 위해 얼마나 많은 밤을 헤어 보고, 홀로 눈물을 삼켰는지. 유난스러우리만큼 힘들다는 말은 성대를 울리기 직전 가슴을 거쳐 머리로 향했다. 견고한 쇠창살 같은 머리는 늘 빈틈을 주지 않고 노란 불, 혹은 빨간 불을 켜 단 한 번도 쉽게 그 한 마디를 쉬이 지나가도록 해 준 적이 없었고, "있잖아."라며 머뭇거리다 눈썹을 내리며 울듯 말듯한 표정으로 "아니야.." 라고 얼버무리기 일쑤였다.

늦은 밤, 유난히 시원했던 바람 때문이었는지 잔잔한 파도소리 때문이었는지 초록불이 켜졌다. 본심은 숨길 수 없을 만큼 부풀어 오르고, 우울함은 함께라는 안정감과 편안함, 마주 잡은 두 손속에 녹아 들어 가벼운 농담처럼 입 밖으로 튀쳐나왔다.

"나 이러다 알거지 되면 어쩌지?"

"버스킹 하자. 떠돌아다니면서 살면 되지. 둘이라면 괜찮을 거야."

고민하는 시간조차, 힘든 시간조차 웃음으로 넘길 수 있게, 버틸 수 있게 만드는 것. 함께라면 뭐든지 해낼 수 있을 것 같은 따뜻한 감정.

그곳이 미노타우로스의 감옥이라 한들, 영원히 녹지 않을 밀랍으로 깃털을 이어 붙여 함께 날아가자. 깊은 우울의 바다가 아닌 구름의 품으로.

Mowies

길리 에어의 선셋 포인트에 있는 Mowies. 선베드에 누워 저물어가는 하늘을 보고,
맛있는 피자와 칵테일을 마시며 밤을 흘려 보내지.

Gili Indah, Pemenang, North Lombok Regency, West Nusa Tenggara 83352

14. ORDINARY

"한국으로 돌아가면 제일 하고 싶은 게 뭐야?"
손을 맞잡은 이가 물었다. 한국으로 돌아가면 하고 싶은 일?
속이 훤히 보이는 투명한 바다와 늘어진 야자수, 익숙지 않은 언어들로 가득한
곳이 아닌, 매일 마주하는 이웃들, 매일 보던 거리가 있는 그 곳으로 돌아갔을 때
가장 하고 싶은 일들. 흙이 잔뜩 묻은 발을 멈추고 그의 얼굴을 빤히 바라봤다.
함께 하고 싶은 것들.
"일요일 오후에, 햇빛을 가득 받으면서 누워있고 싶어. 잔뜩 게으르게. 하루 종일
스테이시 켄트 노래를 틀어놓고, 루이보스 티를 마시며 네 다리를 베고 책을 읽을
거야. 그러다 배가 고파지면 장을 보고 밥을 해 먹는 거지. 달콤한 섬유유연제를
한 가득 넣고 빨래도 돌리자. 온 집이 향긋해 질 거야."
특별할 것이 없었다. 머리를 쥐어 짤 필요도 없었다. 아주 보통의 일상. 골골대는
고양이의 부드러운 털을 쓰다듬듯, 평범하지만 따뜻한 일상을 함께 하는 것. 별 것
아니지만 함께이기에 특별해지는 것.
난 있잖아, 한국에 돌아가면 아직 쌀쌀할 테니 길에서 붕어빵도 사 먹고 싶어. 곧
봄이 올 테니까 코가 닳은 스니커즈를 신고 산책도 하고 싶어. 얇은 카디건을
입고 한강으로 가서 라면도 먹고 싶고, 자전거를 타고 강가를 달리고 싶어.
그렇지만 그 중 제일은, 내 친구들을 소개시켜 주고 싶어. 술은 조금 느는 게 좋을
거야. 다들 엄청난 주당이니까.

15. LEAVE THE ISLAND

어느덧 길리에 온지도 8일째. 하는 일이라곤 서걱이는 모래를 밟는 일, 뙤약볕이
내리 쬘 땐 바닷속으로 몸을 숨기고, 시원한 맥주로 더위를 달래는 일 밖에
없었지만 시간은 쏜살같이 흘러갔다. 2시 30분 페리를 체크인하고, 무거운
배낭과 캐리어를 끌고 카페에 들어갔다. 테라스 아래로 지나가는 사람들과
마차들이 보이는 곳. 언제나 활기가 넘치는 이곳. 어떤 단어로 길리 트라왕안을
표현 할 수 있을까. 몇 번을 고민해도 무지개보다 더 알맞은 단어가 없다.
빨간색부터 보라색까지. 보색 대비되는 모든 색이 어우러져, 아름답게 빛나는
무지개.
아쉬운 기분이다. 이 곳을 떠나가는 일은 식욕이 넘치는 날 침이 한 가득 고이는
음식을 세 숟가락만 먹어야 하는 기분이다. 세 숟가락을 먹었음에도, 고약한
아쉬움이 남는다. 2년 전 그날도 그랬고, 지금도 그렇다.
페리에 올라타 멀어지는 섬을 바라본다. 다시 만날 날을 기약하며 아쉽지만 안녕.

16. KEEP GOING

친구의 연락이 왔다. 안부가 궁금해질 때쯤 먼저 내 휴대전화를 울려주는
초등학교 동창. 소식을 묻는 손이 망설여질 만큼 마음의 거리가 멀지도 않고, 매일
부대끼며 서로의 세세한 일상을 모두 알 만큼 가깝지도 않지만, 힘들거나 좋은
일은 빠짐없이 알고 있는 친구.

그와의 만남은 늘 좋은 일이었다. 스무살이 넘은 뒤로 우린 늘 현실과 가까운
이상을 논했다. 현실이 바탕이 된 부푼 미래와 꿈, 작은 바램들. 헤어지고 집으로
돌아가는 밤은 늘 상쾌했고, 아직 비어있는 두 손과 호주머니는 들뜬 마음,
부담스럽지 않을 만큼의 위로로 채울 수 있었다.

그렇기에 내 고민을, 지친 마음을 조금 더 담백하게 풀어낼 수 있었다. 술을 잔뜩
마신 날, 뜬금없이 연락해도 내 긴 한숨을 이해해 줄 수 있는 친구니까. 어떤
이야기라도 적당한 선의 위로를 아는 친구니까.

그날 밤도 그랬다. 불안한 고민을 털어놓았다. 나, 제대로 살고 있는 걸까? 20대
중반을 맞이하며 가장 많이 떠올렸던 스스로에 대한 질문. 가볍지만 무거운 고민.
그리 길지 않은 친구의 답장은 마음이 없는 기나긴 말보다 더 큰 위로를 주었다.

'삶에 정답이 어딨겠냐마는, 지표가 있다면 다양한 감정들을 충분히 느끼며
살아가는 삶이 제대로 된 삶 아닐까? 그런 거라면 넌 충분히 잘 살아가고 있는
거야.'

71억 명이 살아가는 지구에는 71억 가지의 삶이 있지만 어떤 삶이 '잘 살아가는
삶'이라는 정답은 없다. 그저 원하는 길을 좇으며 삶이 주는 모든 감정들을
진득하게 느낄 것. 그게 학자의 삶이든, 작가의 삶이든, 회사원의, 연예인의,
선생님의, 학생의, 백수의 삶이든.

17. SWEET FAILURE

남은 기간 동안 머물 숙소를 구했다. 쿠타(Kuta)의 밤 문화를 맡고 있는 레기안(Legian)에 위치한 호텔. 시끄러운 분위기는 질색이지만, 로비를 지나 길게 나있는 길을 걸어 방에 들어가면 소음과 멀어진다. 꽤 넓은 수영장과 수영장 한가운데 있는 작은 바와 레스토랑이 마음에 쏙 들어와 망설임 없이 선택한 곳. 내 방은 수영장 바로 앞 건물의 3층이었다. 방 안에는 넓고 하얀 침대가 있었고, 테라스로 나오면 정원과 수영장이 한 눈에 내려다 보였다. 작은 욕조는 따뜻한 물로 하루의 피로를 풀기엔 충분해 보였고, 나무로 된 가구들 탓에 가끔 개미들이 보였지만 통장 잔고를 본 이상 함께 사는 친구쯤으로 여기기로 했다.

'숙소'를 구했다는 건, 발리에서 한달살기의 실패를 의미했다. 우붓에 도착한 첫날부터 정을 붙이지 못해 이리저리 떠돌았고, 한 달간 '집'이라 부를 수 있는 공간은 결국 마련하지 못했다. 처음의 기대와도, 오기 전의 상상과도, 내 계획과도 완전히 달라졌다.

그럼에도 중요한 건 발리로 왔다는 사실. 이 곳에서 20일 가량 지내고 있다는 사실만으로도 충분한 만족감이 든다. 머릿속의 생각이 완벽하지 않다면 시도조차 하지 않던 소극적 완벽주의자에게는 장족의 발전이니까. 뜨거운 물에 몸을 담그고 피로를 풀어준다. 시원한 에어컨 바람 아래 서걱거리는 흰 이불을 덮는다. 졸음이 몸을 감싼다. 눈꺼풀이 내려오고, 단잠에 빠져든다. 쿠타의 첫 밤.

Matahari Bungalows

로비를 지나치면 기나긴 오솔길을 따라 방들이 늘어져있다.

수영장 한 가운데 있는 작은 바가 매력적인 곳. 불이 예쁘게 켜진 수영장에서

맥주를 들이키며 하는 저녁 수영은 하루를 즐겁게 마무리 하게 만드는 활력소 같다.

Jl. Legian Kaja No.210, Kuta, Kabupaten Badung, Bali 80361

18. IRONY

상상과 현실은 분명 달랐다. 끝없이 푸른 바다에서 탄탄한 몸의 서퍼들이 서핑을 즐기고, 하늘 높은 줄 모르는 야자수가 늘어져 있을 거라 생각했던 쿠타는 세 걸음을 채 걷지 못하게끔 붙잡는 호객행위, 머리가 깨질 만큼 시끄러운 클랙슨 소리, 노골적인 시선들과 탁한 해변 때문에 도착한지 3일도 되지 않아 몸도 마음도 거덜나고 말았다.

숙소는 유일한 안식처였다. 밖으로 한 걸음도 떼지 않고 수일을 보냈다. 수영은 수영장에서, 밥은 룸 서비스로, 휴식은 방 안에서. 늘 달고 살았던 게으름을 탓하기엔 현실이 조금 벅찼다.

그럼에도 '여행객'의 타이틀을 걸고 발리에 왔으니 터덜터덜 지친 발걸음을 이끌고 며칠 만에 리조트 밖으로 향했다. 길에 널린 편의점 중 가장 가까운 곳으로 가 좋아하는 레몬 맥주 한 병을 샀다. 자리에서 뚜껑을 열고, 벌컥 벌컥 들이켰다. 더위가 조금 가시고 잔뜩 찌푸린 인상이 조금은 펴진다. 그제서야 뚜렷이 보이는 눈 앞의 풍경.

인파 속엔 유독 나이가 지긋한 분들이 많이 보였다. 얇은 티셔츠와 반바지에 모자를 쓰고 힘껏 걸음을 떼는 이들. 당신의 3배 가까이는 어린 나도 맥을 못 추는 더위에 짜증이 가득한데, 얼굴에서 미소가 떠나지 않는 이들. 갈 수록 빠르게 흐르는 시간은 잡을 도리가 없으니 세상의 아름다움을 담으려 노력하는 모습에, 오늘이 마지막인 것처럼 살아가는 모습에.

젊은 내가 그들의 젊음을 부러워하는 아이러니한 오후.

19. CLUE

소소한 취미가 생겼다. 쓸모 없는 것들을 모으는 일. 물건을 사고 받은 영수증과
버스 티켓, 비행기 티켓, 차를 마시고 난 뒤 버리지 않은 티백 껍질, 물건을
사고 받은 작은 종이가방 같은 것들. 어쩐지 버리기엔 아쉬운 것. 어쩐지 떠나
보내기엔 아쉬운 시간. 지나간 여행을 붙잡을 수 있는 소소한 단서들. 눈 앞에
놓여있는 음식과, 분주한 식당을 가득 메운 사람들의 대화, 그 날 흘러나온 음악이
베여있는 영수증을 다이어리에 붙여두는 것. 훗날 빛 바랜 영수증에 찍힌 날짜와
식당과 메뉴를 보며 흐릿해진 글자만큼이나 흐릿해져 가는 기억을 떠올리는 것.
식어가는 음식을 데우는 것과 같은 일. 작은 종이조각 하나로 저물어가는 기억을
뜨겁게 끓여내는 것. 다이어리를 꺼내 들어 영수증을 붙였다. 언제가 될 지는
모르지만 오늘의 기억을 다시 꺼내는 그 날, 공장을 개조한 듯한 이 감각적인
가게와 네모난 창으로 쏟아지는 햇살, 투박한 벽과 오래 된 액자 속의 사진,
여기저기 붙어있는 낡은 신문지 그리고 그 안에서 숨쉬고 있던, 활짝 웃던 스물
다섯의 나를. 그 뜨겁던 발리를 떠올리겠지.

Fat Chow

쿠타에 있는 감각적인 레스토랑. 빈티지한 가게의 분위기와
딱 맞는 평범한 듯 평범하지 않은 버거가 입맛을 사로잡는다.
Jl. Poppies II No. 7C, Kuta, Kabupaten Badung, Bali 80361

20. VALUABLE LESSON

찰나의 순간이었다. 깜짝 놀라 바나나를 떨어뜨렸고, 그 원숭이 자식은 바나나를 들고 튀었다. 팔과 다리에서 피가 나고 있었고, 멍한 표정으로 친구만 바라봤다. 이대로 죽는 걸까. 살면서 원숭이한테도 물려본다는 사실이 웃기기도 하고, 긴 여행을 떠나며 여행자보험 하나 안 들었던 내가 바보 같기도 하고, 정말 죽을까 봐 무섭기도 하고, 심장이 요란했다. 벌벌 떨며 치료소를 찾았고, 벌벌 떨며 질문했다. "나 죽어요? 원숭이한테 물리면 진짜 위험하다고 들었어요."

"No problem."

그는 크게 웃으며 대답했다. 행복해야 할 여행은 고통이 되었고, 내 손은 핸드폰에서 떨어질 줄 모르고 하루 종일 광견병 검색만 하게 되었다.

광견병 예방접종

50만 원

최대한 빨리 맞아야 함

입이 쩍 벌어지는 가격에 5번에 걸쳐 맞아야 한다는 사실은 목을 졸라왔다. 이걸 맞아야 하나 말아야 하나 고민도 됐다. 적은 돈도 아니고 50만 원이라니, 세상에. 왜 많고 많은 사람 중 하필 나였던 걸까. 50만 원으로 고민하는 동안 '어쩌면 죽을지도 모르는데, 더 살아야 할 이유는 뭘까?'라는 우스운 질문까지 생겼다. 내가 더 살아야 할 이유는 무엇일까.

어이없을 만큼 간단했다. 왜 고민했는지조차 우습게 느껴질 만큼.

난 아직 보지 못한 세상도 너무 많고, 먹지 못한 음식도 많고, 해내고 싶은 일들도 많고, 한국에는 사랑하는 나의 친구들과 가족이 있으니까. 아니, 무엇보다 내 삶은 50만 원보다 값어치 있으니까.

그러니까, 내 삶을 사랑한다는 것. 때론 멍청한 선택에 잔뜩 후회하고, 실수도 실패도 잦은, 부족하기 짝이 없는 이 삶을 이어갈 의지가 충만하다는 것. 적지만 큰 돈 앞에서 난 삶을 선택했다. 짧은 고민을 끝내고 한국에 도착한 다음날 병원으로 갈 수 있도록 예약을 해뒀다.

50만 원짜리 인생 교육 두 가지. 원숭이의 눈을 보지 말 것,
여행자보험은 잘 들어놓고 다닐 것.

그러니까, 내 삶을 사랑한다는 것.
때론 멍청한 선택에 잔뜩 후회하고, 실수도 실패도 잦은,
부족하기 짝이 없는 이 삶을 이어갈 의지가
충만하다는 것.

21. THE LAST DAY

누가 발리 아니랄까 봐 마지막까지 보란 듯이 더운 오늘. 떠나는 날은 늘 왜
이리도 일찍 눈이 떠지는지, 이른 시간부터 일어나 마지막 아침을 먹었다.

늘 해왔던 아침 수영은 아쉽지만 뒤로하고 방으로 돌아오니, 평소와 달리 늘어진
짐이 없는 탓인지 유난히 방 안이 서늘하게 느껴졌다.

마지막으로 서랍장과 옷장, 화장실과 화장대에 빼먹은 짐은 없는지 확인한
뒤 잔뜩 무거워진 캐리어를 끌고 로비로 향했다. 매일 빼놓지 않고 인사하던
정원사들과, 호텔 스태프들과 마지막 인사를 나누고 체크아웃을 한 뒤, 마지막
날까지 택시 기사와 싸워가며 탑승 시간보다 한참 이른 시간에 공항으로
출발했다.

응우라이 공항 안은 늘 그렇듯이 여행자들로 가득했다. 활기와 설렘으로 가득 찬
곳. 공항 한 켠에 있는 카페에 앉아 시간을 죽이다 체크인 데스크로 향했다. 웬
일로 조용히 여행을 마무리한다 싶더니, 바보같이 티켓을 사면서 수화물 추가를
해놓지 않아서 6만 원이라는 거금을 지불했다. 당혹스러움을 감추지 못하며
체크인 데스크 뒤에 있는 의자에 앉으니 프랑스 여자가 말을 건다.

"나도 너랑 똑같은 상황이야."

그녀의 카트에 가득 담긴 책과 기념품들을 보니 실소가 터져 나왔다.

"어쩌겠어. 이게 여행이지 뭐."

우연인지 인연인지 같은 게이트였던 Alice와 함께 출국장으로 향했다. 나보다 한
시간 빠른 비행기였던 그녀는 "Safe flight!"이라며 자신의 메일 주소와 함께 작은
자석을 선물로 주고 떠났고, 얼마 있지 않아 나도 비행기에 몸을 실었다.

안전벨트 사인이 꺼지고, 가방에서 카메라를 꺼내 그간의 긴 여행 동안 찍었던
사진들을 한 장 한 장 돌려봤다. 많은 일들이 있었구나.

괜스레 감회가 새롭다. 눈을 감으니 그간의 시간들이 마치 비디오처럼 흘러간다. 처음 집을 떠나던 그 순간부터, 짐을 챙겨 마지막 발걸음을 떼는 순간까지. 새로운 곳에 자리를 잡고, 새로운 사람들을 만나고. 모든 순간 순간들을 쓸어 담아 마음에 채워 넣은 나날들. 어쩐지 시원섭섭한 기분이다. 아름다운 시간이었다고 감히 말할 수 있을 것 같다. 이따금씩 미풍에도 휘청거렸지만 또 다시 방향을 잡아왔고, 버텨왔다. 나의 나침반이 옳은 길을 향한 것일지, 혹은 고장 난 몹쓸 것이었는지는 삶의 마지막 즈음에나 알 수 있을 테지만.

창 밖을 바라보다, 책을 읽다, 얕은 잠에 빠지기를 반복하다 보니 기내 방송이 흘러나왔다.
"손님 여러분 안녕하십니까 저는 여러분을 모시고 가는 기장입니다. 우리 비행기는 앞으로 약 40분 후에 인천 국제공항에 착륙 예정입니다. 현재 공항의 날씨는 맑으며, 기온은 섭씨 6도이며, 현재 목적지 시각은 3월 8일 수요일 오후 2시입니다. 비행 중 기류가 흔들릴 수 있으니 자리에 앉아 계실 때는 벨트를 착용하여 주시기 바랍니다. 감사합니다."
안전벨트 사인에 불이 들어왔다. 발 아래의 구름은 머리 위로 사라져갔고, 익숙한 풍경이 보이기 시작했다.

비로소,
여행이 끝났다.

Beach Bali Café

길고 긴 바닷길을 따라 줄지어 들어선 레스토랑들. 해변가에 앉아 일몰을 바라보며 먹는 저녁,
테이블을 돌며 공연을 해주는 작은 라이브 밴드는 밤을 채우기에 충분하다.

Jl. Pantai Kedonganan, Kedonganan, Kuta Sel., Kabupaten Badung, Bali 80361 인도네시아

Egoiste

길리 트라왕안에서 가장 잘 보이고 가장 힙한 곳. 늘 사람이 북적인다.

Gili Trawangan, Gili Indah, Pemenang, Gili Indah, Pemenang, Kabupaten Lombok Utara, Nusa
Tenggara Bar. 83352 인도네시아

Scallywags Restaurant

테이블에 올려진 초들, 바다색과 딱 맞는 파란 빈 백, 저물어가는 핑크빛의 하늘은
어떤 음식을 먹든 만족스러운 저녁이 된다. 시원한 맥주 한 병과 함께라면 더더욱.

Gili Air, Gili Indah, Pemenang, Kabupaten Lombok Utara, Nusa Tenggara Bar. 83352

Shark Bites

Shark bite라는 이름에 걸맞게 먹음직스러운 햄버거는 크게 한입 베어 물게 만든다.

꽤 많은 양 때문에 부른 배를 두드리며 나오게 되는 곳.

Gili Air, Gili Indah, Pemenang, Kabupaten Lombok Utara, Nusa Tenggara Bar. 83352

EPILOGUE

스물넷에 시작한 여행이 스물다섯에 끝났다. 꽤 긴 시간을 떠났다 돌아왔지만, 세상은 크게 변한 것이 없었다. 당연한 이치다. 내가 없어도 변함없이 돌아가는 것이 세상이니까.

'나는 어떤 사람인가.'

처음 발을 뗄 때는 순간부터 머릿속에서 떠난 적 없는 이 질문은 익숙한 공간으로 돌아 온 순간까지 답을 내지 못했다. 하지만 이제는 오히려 답을 찾아내지 않아서 다행이라는 생각도 든다. 내가 어떤 사람인지는 그렇게 중요하지 않으니까. 나는 다른 무엇이 아닌 나 자신, 그 자체니까. '어떤'이라는 표현 속에 나를 가둘 이유가 없었다. 나를 규정하는 순간 나를 둘러싼 새로운 틀이 생기게 될 테니. 지금까지 걸어온 길들이 앞으로 나아갈 길을 막아 서게 될 테니.

살아간다는 것은 객관식 시험 문제가 아니다. 오히려 서술형에 가까울 지도 모르겠다. 완벽한 정답은 아닐지라도, 내 생각을 서술했다는 것 자체로 의미 있는. 전체적으론 완벽하지 않아도 작은 걸음걸음에 부분 점수를 주기에 충분한 것. 누군가의 답이 특별히 멋져 보이더라도 '난 틀렸어'라며 자괴감 느낄 필요가 없는, 그런 것.

2016년 1월 1일 스물네 살이 되던 날,

20대 중반이 되었다는 그 낯선 무게감이 마냥 어렵게만 느껴졌다. 하지만 스물다섯 살이 끝나가는 지금은 그 무게감이 한결 가볍게 느껴지듯, 앞으로 남은 긴 인생 또한 '처음'을 마주했을 땐 매번 낯설고, 어렵고 늘 서툴지만 결국 나름의 답을 찾아가며, 그렇게 살아가게 될 것이다.

누구에게나 처음은 있다. 내가, 혹은 네가 부러워하고 동경하는 그 누군가도 마냥 서툰 처음이 있다. 중요한 것은 서툰 발걸음을 뗀다는 것. 모르는 단어가 보이면 사전을 찾듯, 모르면 찾아보고, 알아가고, 서툴기에 느려터진 나의 속도를 있는 그대로 받아들여 준다는 것.

마치 오래 달리기를 연습하고 돌아온 것 같다. 달리다 내 운동화 끈에 걸려 넘어져도, 다시 고쳐 메고 달릴 수 있는 힘을 얻었다. 파란 하늘을 바라보고 뜨거운 햇빛을 받으며 폐가 터질 때까지 달릴 수 있는 힘을 얻었다. 훗날 바다로 나아가 파도에 부서지는 날이 생긴다 하더라도, 떠올릴 수 있는 나날들이 생겼다. 의연하지 못해 늘 흔들리고, 부서지고, 무너지는 나에게, 그럼에도 불구하고 힘껏 버텨온 나의 젊음에게, 그리고 그 길에서 마주한 모든 사람들에게 고맙다는 말과 함께 이 책을 읽은 모든 이들의 계획된 일탈을, 의미 있는 방황을 응원한다는 말을 전하며 펜을 내려 놓는다.

2018년의 어느 날, 서울에서

채빈

2018년 9월 17일 초판 1쇄 발행

지은이	이채빈
발행인	송민지
기획	오대진, 강제능
디자인	김영광
마케팅	신하영
경영지원	한창수
운영지원	서병용

발행처	도서출판 피그마리온
	서울시 영등포구 선유로 55길 11, 4층
	전화 02-516-3923
	팩스 02-516-3921
	이메일 books@easyand.co.kr
	www.easyand.co.kr

브랜드   EASY & BOOKS

EASY&BOOKS는 도서출판 피그마리온의 여행 출판 브랜드입니다.

등록번호	제313-2011-71호
등록일자	2009년 1월 9일

ISBN 979-11-85831-61-9
정가 15,000원